燕赵文艺名家丛书·文学

大地块垒
刘小放乡土诗选

刘小放 著

河北出版传媒集团
河北教育出版社

燕赵文艺名家丛书·文学

刘小放 著

大地块垒
刘小放乡土诗选

河北出版传媒集团
河北教育出版社

图书在版编目（CIP）数据

大地块垒：刘小放乡土诗选 / 刘小放著. -- 石家庄：河北教育出版社，2025.3. --（燕赵文艺名家丛书：文学）. -- ISBN 978-7-5545-9092-8

Ⅰ . I227

中国国家版本馆 CIP 数据核字第 2025L8Y357 号

燕赵文艺名家丛书·文学

大地块垒——刘小放乡土诗选
DADI KUAILEI——LIU XIAOFANG XIANGTU SHIXUAN

作　　者	刘小放
出 版 人	董素山
选题策划	汪雅瑛
责任编辑	张　畅　刘　明
特约编辑	赵鑫雅
装帧设计	郝　旭
出版发行	河北出版传媒集团

河北教育出版社 http://www.hbep.com
（石家庄市联盟路 705 号，050061）

印　　制	石家庄名伦印刷有限公司
开　　本	787 mm×1092 mm　　1/16
印　　张	18
字　　数	240 千字
版　　次	2025 年 3 月第 1 版
印　　次	2025 年 3 月第 1 次印刷
书　　号	ISBN 978-7-5545-9092-8
定　　价	98.00 元

版权所有，翻印必究

序言

文化兴则国家兴，文化强则民族强。燕赵文化源远流长、博大精深，形成了慷慨悲歌的燕赵精神，孕育了灿若星河的文艺名家。他们立时代之潮头、发时代之先声，传承着河北文艺的优良传统，书写和记录着人民的伟大实践，为河北文化事业的繁荣发展做出了巨大贡献。

星河灿烂，艺道日新。为了继承和发扬老一辈文艺名家的宝贵精神，发挥好他们在文艺创作道路上的"传帮带"作用，推动文艺繁荣发展，河北省坚持以习近平文化思想为指导，组织实施了文艺名家推出工程、中青年文艺人才"秀林计划"、文艺后备人才"春苗行动"、文艺名家情系河北"故乡创作计划"，通过每年为文艺名家出版专著、召开研讨会、成立工作室等方式，支持名家开展创作、发展事业，鼓励名家收徒传艺、扶携后辈，勉励新一代文艺工作者见贤思齐、接续奋斗，努力形成河北文艺事业长江后浪推前浪的生动局面，构建"老中青梯次衔接、省内外交相辉映"的人才格局。

作为文艺名家推出工程的重要内容，省委宣传部会同省文联、省作协开展了"燕赵文艺名家丛书"的编辑出版工作，按照"一人一书"的原则，为我省文艺名家出版作品集或个人专著，集中展示文艺名家的创作历程、奋斗精神和创作成果，强化文艺名家的行业引领效应，带领人才成长、带动文艺事业发展。首批文艺名家包括张峻、尧山壁、封秋昌、蔡子谔、刘小放、边国政、梅洁、刘家科、何玉茹、傅剑仁、谈歌等11位著名作家，以及边发吉、旭宇、郑一民、铁扬、孙德民、曹贤邦、刘瑞新等7位著名艺术家。

择一事，终一生。这18位著名作家、艺术家，是河北文艺发展的实践者和见证人，代表着一个时代的文艺水平和精神。他们用一生的文艺实践，走出了一条扎根时代、扎根人民的创作之路；他们用无愧时代的精品，绘就了欣欣向荣的文艺画卷；他们用发自内心的真诚和热爱，传递了生生不息的文艺薪火。全省广大文艺工作者要以名家为榜样，不忘初心、牢记使命，不负时代、不负人民，创作更多思想精深、艺术精湛、制作精良的优秀作品，热忱描绘新时代新征程的恢宏气象，书写生生不息的人民史诗，奋力攀登新时代文艺新高峰！

编委会

2024年9月

目录

童年	/1
乡草	/3
牛角号	/5
乡土情	/7
渤海滩	/14
渤海滩,我的摇篮	/16
我乡间的妻子(组诗)	/19
故土	/24
脊梁	/26
辕牛	/27

天丝	/28
轭	/30
土炕上的梦	/32
大锅	/33
夜思	/34
电视天线	/35
庄稼人	/36
我是五月的西南风	/40
返青水	/42
责任田小景	/44
戏台	/46
元宵鼓会	/48
母亲	/50
拾粪的老农	/52
庄稼媳妇	/54
地头上，有一棵杜梨树	/56
农舍之晨	/58
高粱熟了	/59
晨歌	/61
春天，我翻盖房子	/63
乡村，新烫发的姑娘	/65

沃野	/67
树挂	/69
野草	/70
我曾是渤海滩上的庄稼汉（组诗）	/71
我是红荆	/78
盘腿坐在土炕上	/80
芒种节	/82
鹰翎扇	/84
风秧歌	/87
百岁老人	/89
村庄里，有一个精灵	/91
瓜棚	/93
我走了，故乡	/95
草民（组诗）	/96
定州白果树	/105
荒土上的红荆	/106
牵牛郎，你的缰绳	/107
回乡	/108
挂灯	/109
早春	/111
在田埂上	/113

麦捆	/115
梦的卫士	/117
葵花林	/119
村街	/120
老农	/122
村之魂（组诗）	/123
林冲夜奔	/133
中秋生日	/138
青萍剑	/140
春日偶拾	/142
放风筝	/144
盐碱滩	/145
风	/150
航海灯	/151
海潮月	/152
老驾长	/154
摇篮	/155
夕阳里的剪影	/157
海之魂（组诗）	/159
海堡	/170
渔眼	/172

海浪	/174
我想	/176
夜海奇遇	/177
海鸥	/178
海望	/179
海水的遗产	/181
海啸	/182
大地块垒(组诗)	/185
伏河	/200
大旋风	/202
胎记	/204
荆条树	/206
豹鹰	/208
老家话	/210
老家的气息	/212
犁鸟	/214
犩牛	/215
那一方水土	/221
古窑	/223
铁匠炉	/224
大草洼	/225

马贼之死	/227
打枣	/229
骑牛望海	/230
牛之死	/231
灵魂　在夏夜里远行	/233
家谱	/235
麦鸟	/237
闭门雨	/239
雨后的村落	/241
透雨	/242
娘娘河	/244
致窝头（仿彭斯体）	/246
斗牌的娘儿们	/250
新姑娘	/252
无名树	/254
黄河入海口	/256
大地之子（组诗）	/258

童 年

我很小,母亲就痛苦地死去,
给我留下的是孤独和忧伤;
夜里,我哭求着温暖和爱抚,
梦中,我寻觅着欢乐和阳光。

一天,父亲领我来到北洼地头,
烧着了纸钱,点上一炷香:
"孩子,为你长命,跪下磕个头吧,
它,从今后就是你的干娘!"

呵!我面前原是墩碧绿的马莲,
年年岁岁长在地头上;
我虔诚地向它拜了三拜,
抬头轻轻地叫了声:"娘!"

它颤动着抖落晶莹的露珠,
给我送来一缕清醇的乳香;
剑似的叶片给我春的追求,
纯蓝的花朵给我美的向往。

在以后相处的日子里,
我看见它,一次次遇到刀砍镰伤;

迎着风霜她教我唱着不屈的歌,
冬去春来,长得更加茁壮、顽强。

终于,我长大了,深情地向故乡告别,
呵!纯蓝的马莲花开了,送来阵阵馨香;
像是说:"孩子,去吧!无论走到哪里,
莫忘,把根子深深地扎进土壤……"

1981 年冬

乡 草

纯净的热土
梦里,萌发一片可爱的乡草
铺展在故乡的原野和道路

哦!那紫穗的星星草
长满了祖先的坟包
草墩下,成行的蚂蚁拉纤搬运
旁边,纺织娘织着芳馨的歌谣

哦!修长的马绊草,一束一束
像姑娘的秀发在飘拂
碧丝下,一窝刚孵化的云雀
啼出一串鹅黄色的音符

哦!碱场里,那蓬蓬黄蓿
在盐碱里孕育甘甜的籽粒
亲吻着阳光走向成熟
组成大地紫铜色的胸肌

哦!那荒岗上的艾蒿多么旺盛
朴素的小花像天上的繁星
活着,默默地饮尽土地的苦咸

死了，就化成浓烟熏杀蚊蝇

哦哦！我的心孵化成一只春鸟
翅膀是一页绿色的诗稿
眷恋着每一处乡景
热爱着每一棵乡草

1981 年冬

牛角号

辛苦的耕牛死去了
它坚韧的犄角却活着
系着绯红的流苏
漩流着生命的交响

带茧的粗手
祖祖辈辈握着它
吹出绿色的呼唤
吹出岁月的泥泞
角口上，留下缕缕带血的纹理

大树下，魁梧的曾祖，在吹……
枣林里，飘起义和拳的旌表
号音里卷过大刀的呼啸

旷野上，倔强的祖父在吹……
苏醒了不屈的泥土
燃起一片火红的高粱

呵！黎明，健壮的父亲在吹……
麦穗上挂满晶莹的星星
牛背上擎起一轮朝阳

而今,我骄傲地接过牛角号
像握着一弯琥珀色的月亮
放在唇边,吻着世纪的云霓
吸着父老的遗风
我吹出:故乡的清芬,和
田畴金色的诗行……

        1981 年冬

乡土情

一

儿时,算卦的先生
说我是土命

是的
我在土房里降生
我在土炕上学步
我在土路上跋涉
我在土地上匍匐

祖祖辈辈
在土坷垃里滚
世世代代
在土里耕种耪锄

草帽上,挂着土
眉毛上,染着土
衣襟上,沾着土
鞋口里,塞着土

汗珠子摔在土里

希望播在土里
土里长着绿色的欢歌
土里融着苍白的悲哭

我爱土,土地向生命
捧献五谷杂粮
我爱土,土地为人类
培育勤劳淳朴

呵!我是土命
我的本质是土
活着,我是一片歌唱的绿叶
死了,我是故乡一抔泥土

二

蜿蜒的村路
是我记忆唱盘的纹路
梦中,我常听到
那失去了的酸楚的歌

推虾酱的鸡公车
吱呷呷地呻吟
向辽远的地平线,伸去
一道深沉的车辙

苍茫的草洼

曾腾起遮天的飞蝗

如魔鬼的戏法

啃秃了农家的房檐

吞噬了田野的绿色

秋后，一场洪泛

田地里单调而空落

饥饿的人们捉吃蛤蟆

一片不息的蛙声

吵不醒夜的寂寞

月昏后，母亲抱着棍子

绕着古老的磨道推磨

磨顶上，堆着黄菜盘子和草籽

磨眼里艰难地淌着

岁月的苦涩

呵！我吃过蛤蟆

我啃过土色的枣糠轱辘

我咽过粗糙的榆面窝窝

所以，我有个满足的胃口，和

一副强健的体魄

三

春天的风
鲜而咸
吹得那"云彩地"
黑白分明,有浓有淡

莫非,地下也似人间
贮满了苦辣酸甜
不然,为啥冒出
片片白色盐碱

呵!那油碱、白碱、岗碱
长着荆条、碱蓬、牤牛蛋
我小时候光着屁股,用镰刀
在碱葫芦滩上画各种图案

我也随着母亲来刮咸土
用水淋了在瓦盆里晒盐
那盐,滋味虽有些苦
可腌的萝卜疙瘩又脆又鲜

呵!我爱祖国大地上的沃土
更爱故乡土地上的盐碱
它虽然显得穷困苍凉

给予我的却是：粗放的血型

火热的情感

四

故乡的夜

静美而深沉

春夜，闹元宵的鼓声

把沉睡的田野震醒

一盏盏彩色的花灯

是大地欢跳的心灵

夏夜，在温柔的南风里

我听着家家的磨镰声

看！谁把月牙儿也磨亮了

金黄、金黄斜挂在窗棂

秋夜，到处是成熟的芳馨

瓜园里传来甜润的箫声

村头树下，瞎老人一曲西河大鼓

唱得星移斗转夜露凝空

冬夜，漫长而又多梦

土炕上有扯不完的庄稼经

把式房里练着沧州武术
卖豆腐的梆子敲醒了黎明

呵！故乡的夜
质朴而又生动

五

一旦离开你呀
我就思念

那贴着春联的门窗
那吊着辣椒玉米的房檐
那深沉的乾隆年间的水井
那铺满羊粪鸡粪的菜园
那高高的白杨树上的喜鹊窝
那长长的马绊草下的云雀蛋
那围着场院的谷草垛
那弹蹄唤叫的牲口栏

那五月的金黄的麦芒
那地边的含露的马莲
那清晨艳艳的火烧云
那雨后弯弯的七彩练

那驼背祖父的火镰烟袋

那白发祖母的三寸金莲

那队办工厂的烫发姑娘

那电视机前的庄稼老憨

固执而又俭朴

守旧而又新鲜

单纯而又热诚

开阔而又深远

呵！故乡，一旦离开你呀

我就深深地思念

1982年春节

渤海滩

喧嚣的海水退了
暴戾的狂风远了
一层岁月的盐碱
泛起复苏的土地

柔韧的苇芽儿
拱破了板结的僵土
苇尖上骄傲地挑起
一叶绿色的旗帜

敦实的红荆
代代扎根在碱滩
赤裸着古铜色的臂膀
伸向茫茫天宇

褐色的村落,竖起
条条炊烟的天梯
村头,咸涩的古井
荡着记忆的涟漪

乡路上,曲折深沉的车辙
拉出春阳的金轮

田畴里，长长的犁沟
萌生着芬芳的期冀

喧嚣的海水退了
暴戾的狂风远了
渤海滩质朴的杨柳
播扬着翠亮的诗絮

                1982年2月1日

渤海滩，我的摇篮

呵！渤海滩呀
这被海水浸泡过的土地
这冒着一层盐碱的土地
淤积着远古的荒沙
蕴含着岁月的苦涩

我的祖先，担筐背篓
从山西洪洞大槐树底下迁来
伴着遍野的红荆、野蒿
和满洼的蚂蚱、牛虻
在这儿扎下了根
顽强的生命
燃起一柱庄严的野火

呵！我在渤海滩上匍匐长大
我是拓荒者的子孙呵
我喝着土井苦咸的水
啃着粗糙的糠菜窝窝
牛背上驮着我的童年
草筐里藏着我的儿歌
太阳的火炉
锻冶我奔放的血型

月亮的砂轮

磨砺我敦厚的性格

呵！我是辛劳的农民的儿子呵

扶着古老的耪子

我学会了耕耘

长长的犁沟里

埋下了金灿灿的信念

从父亲佝偻的驼背上

我懂得了道路的坎坷

从母亲补丁摞补丁的衣襟上

我认识了生活的艰难

当我接过祖传的槐木扁担

挑起沉甸甸的向往

肩上，颤动着一条地平线

呵！茫茫苍苍的渤海滩呀

给了我红荆的韧性

渔人的剽悍

给了我海风的爽快

苇洼的深远

和质朴的人在一起

能够纯洁灵魂呵

底层，永存着高尚的情热

智慧的源泉

大地块垒 刘小放乡土诗选

呵！生我养我的渤海滩呀

我生命的方舟

诗的摇篮

我愿手中的笔变作犁铧

终生开垦你丰富、深沉的内涵

我乡间的妻子（组诗）

庄稼院里的女王

她从田野里归来
身上染着草叶的清香
纯净的露水打湿了衣角
脸上闪着宝石似的汗光

给小猫，逮回一串蚂蚱
高高地插在草帽上
给小妮，掐来两朵野花
美美地别在两鬓旁

啊！我质朴的妻子
庄稼院里的女王

回到家，放下耙子抓扫帚
鸡围她转，鹅绕她唱
大灰兔向她行着注目礼
猪圈里，一群小崽前呼后嚷

她行使着神圣的权力
乐滋滋地来回奔忙

提着沉甸甸的食桶
挥起铁勺当指挥棒
啊！我能干的妻子
庄稼院里的女王

她围着古老的锅台
天天谱出深情的乐章
灶膛里点着红荆野蒿
蒸得棒子面饼子喷着清香

每天，为父亲烤好旱烟叶
每顿，给母亲送上热饭汤
夜晚，她把月光搓成思念的带子
遥遥地、遥遥地投到我的前窗

啊！我贤惠的妻子
庄稼院里的女王

1982 年春

屋梁上，有一窝燕子

邻家的嘎小子
偷偷捅掉了
我家屋梁上的燕子窝

她，急得直跺脚
捧起刚孵化的
张着嫩黄嘴巴的乳燕
放在炕头暖着

她让我找来苇眉子
精心地编了个小篓
又让我搬来梯子
高高地吊上梁柁

父燕和母燕
落在门外的晾衣绳上
望着屋里的新居
唱着婉转的歌

啊！乳燕一天天长大了
羽毛满了，就要出窝
她，高兴地从梁上摘下小篓
（为留个记号）
找来红艳艳的丝线
拴在小燕的脚脖
"小燕，远走高飞吧
别忘了，明年春天
还到俺家里做窝"

小燕子，飞了

绕着我家土房转了三圈儿
她站在门口，久久地望着

试　鞋

每次，她总是亲眼瞅着我
试穿她亲手做的布鞋

俨然像一个司令官
看我阔步通过她的检阅台

我的足音牵着她的目光
空中流着一条爱的动脉

啊！我走遍五洲四海
也走不出她的心怀

明天，我要回城里上班

假期再长也觉短，明天
我要回城里上班
她，早就担心这一天到来
哪一晚，不掰着指头计算

屋里的电灯,亮了
燃烧着土房里金色的情感
窗外,低低的月牙儿
像一瓣熟透了的蜜橘
汩汩地
向小院滴着香甜

她,开了柜子又翻篓子
把我的提包装得满满
装上积攒的鹅蛋、鸡蛋
准备我加班时做夜餐
装上家乡的金丝小枣
捎给机关的同志尝个稀罕

她总嫌提包容量太小
盛不下农家生活的温暖
装多了,她怕我路上受累
装少了,心里又觉得不安
我不由拉住她一双粗手
轻轻抚摸那层层老茧
啊!这茧子能抽丝[1]
正织着人间最纯美的诗篇

---

[1] 这句是李发模同志想的,特说明,并致谢。

故 土

赭褐色的土房,
热乎乎的土炕,
彤红的对联染着喜气,
五彩的窗花描着吉祥。

早春的布谷鸟,
唱绿了千条柳丝;
草垛上的花公鸡,
唤出了火红的朝阳。

潮润润的犁沟里,
埋下了灿烂的星星;
亮晶晶的返青水,
溶化着寒冬的碱霜。

村头,菩萨庙里没了神像,
小脚大娘还偷着来烧香;
街上,熄灭了十几年的铁匠炉,
又爆出古朴的火花,叮叮当当。

荒岗上,祖先的坟墓里,
苦菜花开一片金黄的希望;

道旁，老榆树挂满了金钱，
让透明的风撒向四方。

"锄禾日当午"的父兄，
还亮着古铜色的臂膀；
一头"东方红"铁牛，
要把小路拉宽拉长……

呵！可爱的故乡热土；
是我彩色的梦乡：
我愿把生命化作春泥，
融进那贫瘠的土壤……

1981年6月

脊　梁

匍匐在土地上，
紧紧握住锄头、犁杖。
骄阳，镀上一层
人类最美丽的外衣！
弓起的腰背，
一张古老的强弩
向天宇射出：期冀的心，
豪爽的笑，质朴的歌声……

用苦咸的热汗，
浇灌金色的收成。
坚韧的脊骨，
一段隆起的长城，
抵御着雪压，霜欺，和
袭来的莫测的旋风。

欢呼着及时雨，
咒骂着寄生虫，
在绿色的地平线上——
支撑着辽阔的苍穹！

1981 年夏

辕 牛

颈上套着重轭,
背上烙着鞭痕,
埋着头,挺起坚韧的犄角。
拉过一行沟坎。
坚实、沉重的蹄音——
一曲浑厚的交响乐,
响在车辐的胶带上……

远处,马达、喇叭的喧嚣。
和车轮扬起的烟尘,
没使它惊恐、头晕目眩;
它在褐色田野上跋涉……
没有叹息。
默默地反刍,
咀嚼着逝去的岁月,
昂奋着,要把崎岖的路拉直!

1981 年夏

天　丝

从晴朗、无垠的空中，
飘下一缕缕洁白的丝线，
驾着透明的风的翎羽，
飞舞在翠绿的春的田园。

纺线的奶奶告诉我：
那是王母娘娘纺的金线，
一群仙女捧着去银河浣洗，
把些针头线脑撒向人间。

织布的妈妈回答我：
那是织女抛给牛郎的信笺，
瞧那纯净、缠绵的丝卷上，
含着滴滴劳苦的泪点。

呵！听着美丽的传说我年年搜寻，
终于，在生活中才找到那真实的答案；
原来，那是高翔云天的雄鹰呵，
迎罡风，身磨为丝飘向人间！

呵，鹰！活着，睁着一双敏锐的眼，
不息地捕捉地穴里的夜暗；

老了,就飞入云天抱明月长终,
化银丝,来缝补天地的裂痕,世态的冷暖。

呵,天丝,鹰之魂呵云之胆!
我的心灵,想引进你银亮的丝线,
在人生漫漫的征途上,
绣出一首搏击、向上的诗篇……

1981年5月

轭

它是一弯古老的弩弓
系着漫长的地平线
耕着沉沉的岁月
耘着茫茫的云汉

它是一卷曲折的历史
在起伏的沟坎上震颤
负重的牛儿代代倒下
不息地开垦沧海桑田

它是一把剥蚀的锁
吞吐着千秋风烟
锁着一个气喘吁吁的梦
在旋转的地球上蹒跚

它是一首质朴的诗
蕴含着春天的思念
蒸腾的热汗凝作露珠
滋润着初萌的叶帆

呵！我愿默默做一条耕牛
把曲轭套在颈间

拉着铁犁的绳索

拖出壮丽的明天

                1981年10月

土炕上的梦

我睡在,生我养我的土炕上,
做个梦,为什么那样长?
爷爷的火镰打出一天星星,
奶奶的纺车摇碎满窗月光;
爸爸的锄钩上淌着热汗,
妈妈的镰刀上凝着寒霜。
蛐蛐藏在锅台后面,
唱着:"地净场光,吃菜吃糠……"

呵,童年的梦,逝去了三十年,
土炕上依然散发着苦味的汗香;
哥哥的锄钩拉不平历史的坎坷,
嫂嫂的镰刀割不断艰辛的时光;
春风吹,爸爸的烟锅才飘散了疑团,
明灯下,妈妈的饭菜方拌上了蜜糖;
于是,弟弟用茧手握紧了未来,
妹妹驾铁牛呼唤着理想。
每当夜晚,人造卫星从窗前驰过,
土炕上有多少梦,插上瑰丽的翅膀?……

1979 年冬

大　锅

为炼铁，各家的小锅被砸破，
食堂里，唯有这口大家伙；
清水汤里映着瑶台美景，
煮沸了当年那狂热的生活。

如今，搬到大队育种室里，
装满泥土育出绿芽棵棵；
历史的风雨催开这别致的盆景，
实的种子才长出美的花朵……

1979 年秋

夜 思

弯弯月牙儿,月牙儿弯弯——
银河里一艘白玉的舢板;
为什么荡不起一丝涟漪,
谁把它泊在遥远的天边?

我多想举起手中的长竿,
把它撑到绚烂的中天;
接来隔河的牛郎织女,
让银河溅起欢乐的波澜……

1979 年秋

电视天线

这是一棵奇妙的树,
高高地长在生产队的屋顶;
白天,绕着朵朵彩云,
晚上,围着满天星星。

这是一棵美丽的树,
是党埋下了的树种,
爷爷奶奶盼白了头发,
才在树下看见院外的高山峻岭。

花喜鹊,快到树上筑个窝吧,
把农家的心愿带到云空;
只要再不袭来暴戾的风雨,
这奇妙的树,会长出每家的屋顶。

1979 年秋

庄稼人

一

面向黄土

背朝太阳

野草似的汗毛

挂着晶莹的星星

一条苦涩的溪流

淌过山岗般的脊梁

紫荆似的粗手

握紧着锄、犁

像一管苍劲的笔

蘸着日晖月华,祖祖辈辈

垦写着一卷大书

那不息的跃动的身躯

一个伟大的象形文字

——力!默默地

劳作在旷野上……

二

拥挤的蜂巢似的土房

呼吸着古老的风

酿造着欢乐和悲怆

旋转的纺车轮上

抽出历史的经纬

闪耀的旱烟锅里

点燃着质朴的沉思

溶溶月光下，条条乡路

如青筋虬蟠的动脉

为喧闹、辉煌的都城

源源不断地

输送着营养……

三

我在土炕上匍匐长大

我是庄稼人的儿子呵

我啃着桌上的糠饼子

就着大葱蚂蚱酱

夏夜，望着天河岸边的牛郎织女

真想变一只七夕的喜鹊

在碧罗伞似的葡萄架下

我听着苦难的家谱

采摘着甘甜、壮丽的故事

呵！当院里

古老的碌碡上

磨砺过"义和拳"
神勇的大刀
呵！乡野间
那娇美的"红灯照"
像穗穗红高粱
种在北方浓黑的夜里……

四

呵！父亲宽厚的肩膀
一架铜铸的山梁
承受了多少负荷的重压
后颈上竟隆起一座岩包
呵！那凸起的岩包
像辕牛轭上的茧块
集聚着坚韧的、抗争的力
像老榆树拧出的疙瘩
挤满艰辛的年轮，渗出
淡淡的血印……
呵！父亲宽厚的肩膀
正南巴北的庄稼人的肩膀
挺起一座憨厚的山
凝成一朵春潮的浪

五

布谷、布谷、布谷……
像春水一样清亮
像花露一样甜润
融着太阳的金羽
滴落在庄稼人的心坎里
地平线上
拖拉机隆隆掘进
在远天,留下了
一幅时代的剪影
驼了背的老父亲
站在责任田里
拄着锄头——
一根历史的拐杖
骄傲地伸直了腰
他颤抖着,捧起一把泥土
闻呀,闻着那清新的气息
眉头上,绽开挽了多年的疙瘩
一滴热泪,伴着发亮的种子
埋进了芬芳的田垄
融进那彩色的梦里

呵!我和我的时代张开双臂
拥抱这金色的收成……

我是五月的西南风

来自深远的谷壑
生于荒芜的野萍
带着地母的体温和柔情
火热的思绪,激荡着
在澄明的空间流动
哦,我是五月的西南风

亲吻着花的原野
问候着土房茅棚
在早醒的柳丝上
抚去痛苦的泪痕
在复苏的土地上
留下欢跳的心音
哦,我是五月的西南风

冲破暗夜的封禁
走向芬芳的黎明
在太阳的色盘里
饱蘸金黄和橘橙
涂抹着喧响的麦芒、成熟的麦浪
为农夫赤裸的臂膀
镀上神圣而伟美的古铜

哦，我是五月的西南风

在地埂上徜徉呵
在乡野间升沉
在高空，敢于和寒流搏拼
愿在惊奋的雷鸣里
凝作清白的雨滴
默默地、默默地落进绿色的田垄
哦，我是五月的西南风

返青水

亮晶晶的返青水,
映着深邃的蓝天,
闪着太阳的金环,
像纯洁、活泼的少女,
涌进干涸的农田。

呵,苦苦盼了多久,
才有这热切的相见。
噗噜噜的水花诉说什么?
溶化着冬的盐碱,
冲刷着夜的苦咸。

泥土发出阵阵清香,
潮润润的空气带着三分甜;
种子在地下悄悄地萌发,
扎下一条探寻的根,
抽出一叶金色的帆……

呵,亮晶晶的返青水,
清澈、温馨、千回百转,
带着春的音韵、色彩,

染出一个碧绿的地，
洗出一个湛蓝的天。

        1981年春

责任田小景

一眼真空井,
打在地头上。
穿花褂的媳妇抿嘴乐,
穿背心的小伙喜洋洋,
你按,我抬,
流水哗哗响。

她掏出手绢给他擦汗,
他摘下草帽为她扇凉,
对着脸压水,
说着悄悄话,
羞红了天上的太阳!

嗬,家里的收音机,
也摆在地头上。
小伙子拧开,
想听段梆子腔;
可媳妇直向他努嘴,
嫌声音放得太响。

原来,旁边,
小推车架凉篷,

穿红兜肚的胖娃娃，
头枕马兰花，
睡得正香。

太阳乐，
流水响，
一垄垄棉花苗，
是翠绿的诗行……

1981 年夏

戏 台

高高的戏台,向着太阳
用厚重的泥土筑起来
三通清亮的锣鼓
敲出农家冬日的色彩

五里三乡的庄户人
终于享受到丰收后的自在
城里的剧团来唱大戏
台前涌成了欢乐的海

女人们各色各样的花头巾
飘闪着妩媚动人的欢快
老汉们古朴的毡帽下
条条细密的皱纹笑开

村头的粪堆、柴垛
组成了高低的天然看台
老松树,用苍劲的枝丫
把一个个调皮的娃娃举了起来

前面,紧锣密鼓的舞台上
演出着人世间的悲喜剧

慷慨激昂的燕赵之声

激荡着人们的心怀

旁边，新开设的春来饭馆

早为看戏的人备好了饭菜

一位村姑，在卖一架红莹莹的糖葫芦

甜甜的，像一树腊梅花盛开

1982 年春

元宵鼓会

铙钹飞,舞起铜韵的风,
金鼓响,涌起彩色的浪,
乡路——一条闪耀的灯河,
村街——一条烟花的长廊。

咚锵,咚锵,咚咚锵!

小伙子踩高跷,头上爆星花,
姑娘们扭秧歌,大地浮淳香,
十几年,庄稼人就数今宵乐,
落实了政策,村富鼓也响。

咚锵,咚锵,咚咚锵!

四十副铙钹围着大鼓翻飞,
鼓手,正是刚选出的村长,
鼓槌子,凝着庄稼人的心劲儿,
甩出了串串惊蛰的雷响!

咚锵,咚锵,咚咚锵!

鼓声震酥了冰封的土地,

田垄里，麦苗悄悄吐出一叶嫩黄；
鼓声喝退了阴冷的寒风，
人心里，淙淙的春水在流淌。

咚锵，咚锵，咚咚锵！

呵！空中的圆月像一面铜锣，
明晃晃挂在树杈上；
我想跳起来把它也敲响，
让新春的欢乐溢满人间天上……

咚锵，咚锵，咚咚锵！

母　亲

银白的头发，
染着渤海滩的霜碱，
穿了多半辈子的大襟袄，
海水一样深蓝。

坐在土炕上，
看着明晃晃的电灯，
就想起从前——
点不起油灯，
借着一支香
那一星星火亮儿，
熬夜纺线线……

放上饭桌，
看着那热腾腾的炒菜花卷，
就想起过去——
年年吃糠咽菜，
女人与男人，
还不能吃一道饭。

夜晚看着
柜上新买的电视机，

就想起自己——
从娘家到婆家,
一辈子没走出十里远。
原来天地那么大,
如今才开了眼!

看着,看着,
忍不住嘴里叨念:
总算过上舒心的日子啦,
唉,这光景,
可为啥不早来几年?
说着,手头
总不忘,掐那草帽辫……

       1981 年夏

拾粪的老农

笼里的公鸡
刚叫头遍
他就背着粪筐出了村
东天上，跳起一粒
耀眼的启明星
点亮他青铜的烟袋锅

他咳嗽着
呼吸着田野
泥土的清醇
腰，弓着
像一棵苍老的枣树
沉重的脚步
踏弯了乡路
今天的脚印
撩着昨天的脚印

他是全村起得最早的人
默默地，一辈子这么辛勤

古朴的荆筐
背着昨天的记忆

今天的满足
憨厚的胡髭
冻结着
严冬的银霜

终于,从蜿蜒的土路
转到宽阔的柏油路上
他从夜色的朦胧里
走进灿烂的黎明

呵!地平线上
偌大的朝阳的红轮上
屹立着一个终生辛劳的庄稼人

庄稼媳妇

踏着弯弯的土路长大
却生就了一副憨直心肠
她竟给城里的丈夫写信
叫他莫为她的户口奔忙

不愿离开火爆的庄稼院
不愿离开实在的土坯房
她一天听不见鸡啼羊叫
吃饭都觉得不香

系恋着芬芳的田垄
挂牵着那绿色的苇塘
她一天不去地里干活
心里就憋闷得慌

总感到泥腿庄稼人亲热
更觉得乡下的风清爽
每逢她做顿稀罕饭菜
也要端给四邻八舍尝尝

爱在旷野放肆地说笑
爱在土炕上描凤绣凰

爱看河北梆子《秦香莲》
常骂当了官的负心郎

她一双能干的巧手
在田野织着金色的希望
看！她那方格格的花头巾
在解冻的西南风里飘扬

地头上,有一棵杜梨树

地头上,有一棵杜梨树
弓着腰,像个永不歇息的农夫
年迈的枝干
撑起一片绿色的梦
回转的风,吹皱了
黧黑的肌肤

树下,一座座坟丘
埋着一辈辈
我受苦受累的先祖
他们的灵、骨
凝作地下的根
紧紧地拥抱着泥土

空中,汗涔涔的叶子
发出亮晶晶的絮语
黎雀儿,在树枝间蹦跳
谱出一串甜润的音符

清凉、浓密的树荫里
歇息着我辛劳的家族
弟弟为手扶拖拉机加油添水

父亲拾起古陶罐碎片
哧啦啦打磨着犁和锄

呵，一场春雨过后
从繁密的树根里
蹿出那么多翠亮的小杜梨树
一株株，颤动着
活泼的笑和美的祈求
人们，精心地移栽进果园
嫁接成，注满香甜希望的鸭梨树

呵！地头上，有一棵杜梨树
年年代代
摇曳着绿色的欢呼
秋后，那满枝金黄的杜梨
在我心头发着醇香
虽然总带着点点
心酸的涩苦

农舍之晨

黎明，清清的风
吹开了我的前窗
呵！院子里那翠亮的枣树
绽开满枝枣花
金灿灿，喷吐着芬芳

燕子扯着一缕清香飞上天去
黎雀儿的歌，被清香
粘在了树枝上
一群蜜蜂，在香甜的线谱上弹跳
我上工的妻子，蘸着清香
把割麦的新镰磨亮

呵！走出茅屋我深情地呼吸
让生活的芳醇在心头灌浆
如果我是棵孕育的果树
一定会结出香甜的太阳

高粱熟了

芬芳的清晨
高粱熟了
熟了旷野八月的阳光

旷野上
身高力大的黑牛哥
亮着铜赤的臂膀
锃明的镰刀
划出金色的弧线
砍高粱的声韵
荡漾在秋空
梦一样甜润
他怀抱着一捆
红艳艳的火把
点着了一天瑰丽的火烧云

乡间小路上
喜盈盈的黑牛嫂
送饭来了
小扁担,颤悠着
挑着庄户人辛劳的追求
和对土地的责任

竹篮子装着热腾腾的生活
古陶罐里盛着复苏的心

她站在地头
一声吆喝
惊飞了荆条墩下一对鹌鹑
黑牛哥，猫下腰
捧起草尖晶莹的露珠洗脸
脸上，搓上了一层清新的霞光

呵！芬芳的清晨
高粱熟了

晨 歌

太阳
在树尖上
荡漾着青铜挂钟的音响
青草味的风
沿着瓦蓝的柏油路
清凌凌地流进村庄

村口
队办工厂的大门开了
涌出爽朗的笑声
甜甜的歌
和一群下早班的姑娘

呵！这古老乡村的
第一代女工
穿着打扮
也学城里的式样
咔咔的皮鞋
踏出新的生活节奏
花的衣衫
映的乡野
增加了几分鲜亮

家家户户
都打开窗户
散发出阵阵饭菜的清香
砖门楼下的大娘、二婶
手搭着凉棚
微笑着张望

看！她们来了，来了
乡路上一股彩色的浪花
村庄的一只飞翔的翅膀……

春天，我翻盖房子

祖传的土坯房子

弓着黄泥的屋脊

像爷爷的驼背

苍老而厚实

灰色的苇檐

淌过时间的流水，和残冬浑浊的泪滴

春天了，我要拆掉它

盖一栋新的房子

推倒

被岁月压酥的土坯

烟火熏黑的墙壁

把融着几辈子苦辣酸甜的陈土，和爷爷

冬天的咳嗽、叹息清扫出去

把弯曲的七根椽子的窗户

重新组装，镶上十六块玻璃

把祖传的沉重的石磨

深深地垫进房基

拆掉古老的织布机

打一架新式的书橱

把母亲陪嫁的梳头匣子

送给开拖拉机的妹妹去盛工具
用染着朝霞的红瓦铺房顶
用镀着天光的青砖垒起墙壁
用结实的榆木、挺拔的白杨
当梁作柱,架起
爷爷的梦幻,彩色的现实

春天,我翻盖房子
在祖传的旧地基上
蠡起一个新生活的里程碑

乡村，新烫发的姑娘

一个、两个、三个
说着、笑着、唱着
骑着欢快的"飞鸽""凤凰"
飞驰在蓝缎似的柏油路上

拂着条条婀娜的柳丝
穿过行行窈窕的白杨
脸上，映着新阳的红润
头上，漾着春潮的波浪

哈，这些泥土里长大的庄稼丫头
今天，竟然一下子变了模样
她们，勇敢地在城里烫了发
像一道彩色的冲击波，飞回村庄

戴红疙瘩帽垫的爷爷，不必瞪眼
梳着鬓髻的小脚奶奶，莫要惊慌
如今，日子富了，生活美了
旧眼眶子，再也套不住姑娘的向往

丁零零，她们欢快的自行车铃
敲开了多少扇明亮的新窗

一串春天清新的音符

回荡在古朴的村街上

沃 野

敦厚的黄土
塑就了伟大民族的肌肤
柔韧的碧草
挂满东方旭日的血珠

天穹,数不清的精魂
化作满天灿烂的金星
磷磷的骨殖,在浓夜里点燃
大地上的生命之灯

强弩似的大河
弹奏着粗犷的旋律
波澜壮阔的舞台
上演着人间喜剧

凌云搏击的雄鹰
花间戏舞的蝴蝶
画出不同的美的弧线
统一而和谐

严冬冻不死伸出的枝丫
僵土封不住萌生的胚芽

在诗人呼唤的绿风里

铁犁,掀开了历史一章新的页码

1981年10月

树 挂

清早，一开门，呀！
谁绣出一幅玉雕画？

草垛、粪堆、房脊、树杈，
披着金衣，挂着银甲。

像镀上一层清凉月色，
似镶上一层玉宇琼花。

多美的一个晶莹世界，
到处都洁白无瑕。

呵，太阳！你何时跳起三丈？
且不要把我梦的羽翼熔化……

　　　　　　　　　　1980年冬

野　草

遭到多少次土掩沙埋，
你从深深的底层钻出地表；
受到多少次马踏车碾，
你抽出绿剑碧刀万千条！

你那年轻、茂密的青丝，
只有天上的日月来耕耘灌浇；
你带着遍体的泥巴、伤痕，
在浩浩大风中卷起歌潮。

苦难磨砺着你柔韧的身躯，
秋霜染得你白发萧萧；
迎着瑰丽的夕阳落霞，
你化作一团燃烧的火苗。

把希望的种子深深埋下，
用多情的根须把大地拥抱；
随着一声惊蛰的雷鸣，
在春风中掀起绿色的浪涛！

1979 年春

我曾是渤海滩上的庄稼汉（组诗）

接过祖传的扁担

在那历史的荒年歉月
父亲，在他耕耘了一生的土地上
倒下了！两手
紧紧攥着泥土，合不上眼
我，含泪告别了学校
和少年的童稚
接过父亲留下的槐木扁担

这是一根祖传的扁担呀
紫溜溜的纹络
浸透了一代代的血汗
永难忘呵，我那年迈的
目不识丁的父亲
为给我缴上一年的学费
曾担着一百五十斤秫秸
到三十里外的县城
卖了三块七角钱
他抖动着双手
交给我一团热乎乎的嘱咐
然后，抱着扁担

躲在偏僻的屋檐下
掏出怀里的糠饼子
慢慢地咽

呵！我把这祖传的扁担
这担筐挑篓的扁担
这沉吟着欢乐与悲愁的扁担
放在我稚嫩的肩头
挑起五千年历史，和
沉甸甸的向往
走在我弯曲的乡村小道
走向广漠深厚的大野、田间

背脊，镀了一层铁色

地头上，马兰花开了
像蓝色的火苗一样旺
天海里，云雀唱了
像清清的流水一样亮
我和叔伯、兄弟们
在旷野上锄地
赤裸膀背
让骄阳
晒一个铁脊梁

渴了，俯身喝口土井的水

盐碱地的苦咸

浇不灭心头的希望

饿了，啃口捎来的干粮

一根大葱

蘸着火辣辣的笑骂

嚼碎了劳作的疲累

生活的寒碜

看！那隆起的背脊

镀了一层铁色

不怕炙烤，闪着釉光

含着高粱的赤红

凝着麦穗的金黄

染着五更深重的夜色

涂着傍晚大野的青苍

这野性的、坚韧的外衣

这太阳和汗水锻作的铠甲哟

抵御着风、雹、霜、雪

炫耀着

劳动的神圣

生命的伟壮

呵！我的铁脊背的父兄呵

在用锄头，辛勤描绘着

彩色的向往

大地块垒　刘小放乡土诗选

我不鞭打耕地的老牛

老牛,黑色的老牛
颤巍巍地拉着耠子
低着头,喘息着
一步一步地跋涉

它老了
我不能鞭打它呀
它是队里的功勋
曾生下十几个身强力壮的儿女
它是有名的辕牛
曾拉拽过艰难困苦的岁月
它是父亲生前
最喜爱的伙计
耕遍了村北荒芜的土地
它是多么灵巧和温厚
中耕玉米和高粱
踩不了一根禾苗
穿垄、过堰
用不着牵引吆喝

它老了
已嚼不动干硬的草料
但还拉着耠子耕耘
步履是多么艰难呵

一步一个深沉的蹄窝
它的尾巴再也不灵活了
可恶的牛虻
还偷偷吸它的血

它老了
我怎能鞭打它呢
每当休息
我就分给它一半
捎来的干粮
此刻，它总是亲热地
舔我的手臂
像舔它心爱的牛犊
我用手挠它的脖子
它竟舒心地眯起眼睛

呵！如果有一天它在地头倒下
我将虔诚地
把它埋葬在父亲的墓旁

我挖河，像一只蚂蚁

几十万人
密布在一条河道上
汗水，蒸腾着

像一群蚂蚁

我喘息着

推着六百斤土车

俯着腰，爬向陡坡

深陷的脚印

聚满我全身的力

我是一只蚂蚁

一只运土的蚂蚁

推着岁月的流沙

运着沉积的淤泥

一位数学家说

我们挖出来的土方

筑起长城，能绕地球几十圈

伸直了，能够通到月亮上去

我不想遥远的月亮

直想通往金色的富裕

我拼命装土，推车

直想把清凌凌的甜水

引到我的盐碱地里

我是一只蚂蚁呵

运着泥土，每天往返六十公里

每天，我要吞食三斤口粮呵

窝头，咸菜条

这人世间最粗劣的生活
却产生着负荷千斤的力气

晚上，一窝笼[1]里
散发着粗鲁的笑骂，和
咸涩的汗息
桅灯下，同伴们
燃着了胶皮
来烫结手脚的裂口呵
野性的顽强
烧铸着不挠的斗志

呵！我是一只辛劳的蚂蚁
我是中国北方农民的儿子呵
当几十年后，我的儿孙
用机器来清淤
在这条河里
会挖出一首汗淋淋的歌曲

1983年1月于石家庄

[1] 一窝笼，也称为"一窝龙"，一种用苇席、秫秸搭的窝铺，海河民工常住于此。

我是红荆

我是红荆,我是红荆,
我的根,扎在渤海滩上。

呼吸着旷野带咸味的风,
吸吮着大地苦涩的奶浆,
从不嫌弃母亲身上贫瘠,
更不抱怨故土荒芜凄凉,
碱滩野洼是我的摇篮,
生得顽强,长得茁壮。

我低微,没有伟岸的身躯,
我粗陋,没有醉人的芬芳,
只有古铜色的腰杆,
带着天赋的耿直和倔强;
只有浓绿的叶,素洁的花,
带着乡野的纯朴和清香。

我是红荆,我是红荆,
迸发的枝条,伸向茫茫穹苍!

在那酷暑多风的炎夏,
我也有过狂热和迷惘;

我曾被扭作野蛮的鞭杆，
把拉犁，耕作的牛儿抽伤；
我曾被编作离心的篱笆，
让兄弟姐妹隔一堵墙。

呵！经过寒露秋霜我才成熟，
也成熟了我的意志、我的向往；
我愿编做庄稼人的篮筐，
去盛丰收的果实，甜美的理想；
我愿去做工地的荆笆，
铺进沼泽托起前进的车辆；
我愿投入农家的灶膛，
让人们的生活更热更香。

呵！我是红荆，我是红荆，
迎着太阳，化作一柱燃烧的火光！

1981年5月

盘腿坐在土炕上

回到故乡，胜似梦乡
我盘腿坐在土炕上

这是我温暖的胞衣地呵
这是我心中圣洁的殿堂

呵！生我养我的父母
虽已埋进了乡土
念我想我的
还有纯朴亲热的村庄

婶子大娘
呼唤着我的奶名
我顿觉年轻了二十岁
儿时的伙伴
擂了我一拳
擂出了渤海滩人的豪爽

知根知底
谁也不见外
喜笑怒骂
可着嗓门亮

高粱秫秸的饭篮
端上来热腾腾的生活
粗瓷大碗里
溢满了乡野的芳香

白发老伯，颤抖着
斟给我一杯老酒
我双手高高捧在头上
为岁月的风调雨顺
干杯吧！就是醉了
我也愿
醉倒在家乡的土炕上

1984年2月12日

芒种节

    婆婆丁花随风刮
    熟了麦子往家拉
          ——童谣

芒种节——
披着五月的暖风来了
踩着坑塘里的蛙鼓来了
打着蒲公英的小伞来了

微笑着
像个新娘
喜盈盈的……

走过田埂
蚂蚱抖着新翅飞了
走过枣林
枣花含着露珠香了
走过麦野
无边无际的麦梢黄了
所有的庄稼人都盼望着
为了迎接她
纯朴的乡村激动着

骑"嘉陵"的小伙忙着赶集
燕子似的在地平线上消失
老爷子，用毛驴拉着碌碡
一圈圈碾轧着场地
女人们，用长长的马绊草
拧着捆绑丰收的绳子
铁匠炉，叮叮当当唱着
骡马嗅着田野的气息嘶鸣着
车辆在村街上亮相
一只红冠子公鸡
在上面叫出一天喜气

呵！到了，到了
金色的芒种节——
像个芬芳的新娘
不消三天
勤劳的庄稼汉
就给她拉来
一垛垛金色的嫁妆

      1983 年 12 月 4 日

鹰翎扇

古瓶上
插着一把鹰翎扇
使我的土房茅舍
骤变得无比辽阔

那是用一根根
鹰的翎毛
串织而成的扇子
是张开的一只
雄鹰的翅膀

只要扇一扇
就荡起大野之气
头上
仿佛掠过声声
英武的呼啸

那一根根
威壮的鹰翎
是鹰
在与狂风暴雨
不挠地搏击中脱落的呵

带着电的擦痕
染着雷的血腥

当老祖父
一根根
从荆莽野地里捡回
总虔敬地把它插上草帽之顶
挺胸走在旷野
顿时
就有了猛士的威武

呵！一排倔强的鹰翎
既是组成一把扇子
也带有雄禽的刚正
驱赶蚊蝇
发出杀杀之音
面对溽热
扇起男子汉的血性
使那些
带着胭脂气的团扇
以及阴阳怪气的鹅毛扇
显得那么薄
那么轻

古瓶上
插着一把鹰翎扇

使我的土房茅舍

荡起一股昂奋的雄风

1984 年 8 月 17 日于故乡

风秧歌

风秧歌，也称武落子。男执竹鞭，女打竹板，一种流行于沧州地区的民间舞蹈，每年正月十五前后演出。

啊哈
急雨似的鼓点
逗起一股急风
热烈的风
健壮的风
欢快的风
豪爽的风
吹开了天之怀
吹苏了地之胸

那风
从小伙子的竹鞭上旋出来
从姑娘们的腰身上扭出来
从跳跃的舞步上转出来
从响亮的竹板上淌出来

白杨一样潇洒的少男哟
绿柳一样婀娜的少女哟

高粱吐霞的色彩

谷穗摇金的流韵

新颖的舞步

跳醉了质朴的乡风

风的秧歌哟

秧歌的风哟

从悠远的历史中吹来吗

从深厚的泥土中吹来吗

从复苏的春光中吹来吗

从得意的民心中吹来吗

小伙子的竹鞭哟

舞出道道金色的彩练

姑娘们的竹板哟

打出声声青春的和鸣

风的秧歌哟

秧歌的风哟

在广袤的渤海滩上

雕出一幅不朽的《欢乐颂》

1984年9月7日

百岁老人

一百岁的老三奶奶,
村上的一位活祖宗,
拄着花椒木的拐杖,
常在街上眯着眼睛。

爱看儿孙们说笑着赶集,
爱听豆腐担清脆的梆声;
太阳晒亮了一头银发,
野风吹开了满脸笑纹。

指着树杈上的喇叭,
她说是喜鹊的铁窝!
瞅着房顶的电视天线,
她说是天降的蜻蜓!

总不忘烧香敬菩萨,
从不误看戏看电影;
炕柜里存着各式糕点,
大都放得生了虫虫。

今春搬进敞亮的新房,
总念叨过去那间茅棚;

身边有三件心爱的"珍宝",
无论谁劝她都不扔。

一只老猫养了十二年,
一条褥子四百个补丁,
一件光绪年间的门帘,
挂了八十多个秋冬。

有人问她多大年纪,
她总说八十刚刚挂零,
其中的奥秘谁都明白,
她怕阎王知道了她的年龄!

村庄里，有一个精灵

村庄里，有一个精灵
一个看不见的精灵
踩着惊蛰的雷音
悄悄地来了
扰得那些庄稼户
怀揣兔羔似的不安
喝了老酒似的冲动

它在质朴的饭桌上
它在古老的土炕上
它在乘凉的树荫里
它在芬芳的场院里
叫那些满手老茧的庄稼人
精心地盘算
不休地议论

再也不安分土里刨食了
再也不满足填饱肚皮了
再也不愿念那
"以农为本"的老皇历了

叫那些有胆有识的男人

大地块垒　刘小放乡土诗选

变得英俊起来
叫那些千里卖线的村姑
变得时髦起来
叫那口衔长烟袋的家长
退居"二线"
叫那老实疙瘩也合谋着
入股经营

在集市里眼观六路
在茶馆里耳听八方
走京闯卫增长见识
串亲访友捕捉信息

呵!有一个精灵
一个看不见的精灵
使古朴的村庄
变得莫测难认
变得活泼新颖

瓜 棚

起伏的绿海中
一座浮起的仙岛
夏日的平原上
一幢繁华的野庭

地上开着一片
金黄的瓜花
天上飞着只只
红绿的蜻蜓

我和小花狗
紧紧跟着光脊梁的爷爷
草筐里
背着我生活的奥秘
和他沉甸甸的古训

雷雨来临
这里就聚满避雨的乡亲
爷爷摘来最大的甜瓜
也摘来一片亲热放肆的笑声

夜,瓜棚旋绕着

萤火虫的卫星
爷爷用蒲扇指着星空：
看！那银河边有田
田边上有井
百年之后
我要到那里去种瓜呢
带着咱家乡香甜的瓜种
我怔怔地望着天上
小花狗也仰头叫了几声

啊！茫茫绿海里
一座纯朴的仙岛
呵！故乡的原野上
一个甜美的梦境

我走了,故乡

我走了,故乡
滚烫的泪水,滴在
哺育我的土地上

故乡,我走了
可我的心
还留在乡土上
但愿它能在田垄里发芽
秋后长成一棵
开满诗花的红高粱

1983 年 8 月

草　民（组诗）

大草洼

九河下梢
汇一汪甜甜苦苦绿色血

渤海滩苍茫之气
笼罩起起伏伏草泽之波

连绵的黄蓿如大地铜肌
沸扬的芦花浮起雁阵

绿蚂蚱蹦到水里变成黑鱼
一窝野鸭蛋滋养了我的童年

艘艘凌爬从寒月里撑来
划出一条蜿蜒的草路

萤火点燃牛虻之舞
一窝笼里传出下洼人的鼾声

芦根上有土匪血

深草里有烈马骨

我用长杆子大钐镰
掀开故土一部奇书

                    1986 年 8 月 12 日

高粱叶　哗啦啦

七月　绿色的浪涛
拍击着我的古老的村庄
白云的橡皮艇游荡着
一只苍鹰　从坟头上跃起
牵出大平原幽沉的秋声

高粱叶　哗啦啦

蚂蚱在阳光里练翅
纺织娘饮下草尖一滴晶露
天　辽阔而深邃
一群老雀子召开飞行会议
——这群无拘无束的流浪汉

古老的乡路叠印着车轮马蹄
血阳染透　万穗红缨

染透一队俊美的红灯照

曙色里　北方的大野深处

隐隐传来梁红玉的击鼓之声

火烧云挂起辉煌的旌表

风　吹动大平原的方阵

吹动旷野饱满的谷妞子草

地平线上　匍匐着古铜色的庄稼人

呵　那是我含辛茹苦的父亲母亲

高粱叶　哗啦啦

1986 年 8 月 28 日

哭　坟

我的祖母摇着纺车哼唱过

我的母亲劈着高粱叶吟唱过

我的妻子织着苇席学唱过

这是当地一位多情的寡妇

留下的歌声呵

小辛庄啊东大门儿呀

史家的闺女张家的人儿呀

她坐在荒草野地里

面对苦海似的天

一声悲切的哀号　一代代

揪疼乡村女人的心弦

你早死二年俺不来呀

你晚死二年俺开了怀呀

像土地一样纯诚的女人呵

仿佛生儿育女才算本分

谁也不能否认　她们是

支配人类命运的尘世之星

想了一更思二更呀

灯瞅我来我瞅灯呀

灼热的哭声

烫伤了天上云雀的翅膀

咸涩的泪水滴下来　滴下来

战栗的马兰花开了一朵幽伤

走一步来思两步呀

我思前想后还是找丈夫哇

放牛娃听了甩了个响鞭

串乡的货郎摇着鼓子走了

一支多情的女人的哭歌
深深地在渤海滩扎下了根

1986 年 8 月 15 日

桥头卖鱼妇

轻轻的顺河风
撩开了她的花衣襟
两枚高耸的太阳
膨胀着早霞似的温馨

哦　桥头上的渔娘子
两个奶子好动人

推车的挑担的赶来休息
骑驴的赶脚的停下问询
南北大道变成一条娘子河
行人像鱼　游进那妩媚的眼神

哦　桥头上的渔娘子
两个眸子好动人

南来的老汉你称父老
北来的大哥你叫乡亲

进鱼棚吸上一两袋烟
你唱一段小辛庄的寡妇哭坟

哦　桥头上的渔娘子
你的嗓音好动人

荒草野洼里喊一声
这里自古卖鱼不用秤称
是情是义手上掂量
心里亮着一颗定盘星

哦　渤海滩的渔娘子
你站在桥头好精神
养得闺女是田野的花
奶得小子是翻江的龙

1986 年 8 月 20 日

血灯笼

那是一盏血灯笼
燃在浓黑的夜里
祖祖辈辈的村民
都不堪回首仰望

那一天　他去了
落草为寇去了
为母亲能吃上一顿年饭
为除夕能燃放一串爆竹

那一天　他去了
落草为寇去了
为门板能贴上一对红联
为土房里领进一个年轻女人

苍茫夜色里
他击倒了一个行人
行人远道负重而来
手里举着一盏灯笼

血燃了灯笼
灯笼燃醒了夜
倏地　他扑在行人身上恸哭起来
那行人竟是他久离未归的父亲

他抽出镰刀
剖出自己的心
苇捆似的倒在父亲身旁
血燃的灯笼射透草野

村民们潮水似的赶来

都铜雕似的垂下了头

那一盏血燃的灯笼

灼疼所有的眼睛

1990 年春

白发娘为我打开了柴门

您还站在屋檐下吗

手搭着凉棚顾盼

两眼眯成

一条温暖的大路

我的脚步踉跄

衣襟被月牙儿挂破

背着沉重的风雨

跋涉岁月的泥泞

我把您做的鞋子

挂在了草筐上

我的脚板浸在泥水里

在我匍匐的小路上

开着数不清的蒺藜花

太阳引我去登一座神山

星星领我去开一片圣土
我在遥远迷惘的路途上
只有您亲切地呼唤我

您高高举起手中的蜡烛
点亮我一片瑰丽的梦境
呵　我的神山　我的圣土
呵　我的故乡　我的母亲

抚去我满身荆棘
白发娘　慈祥地
为我打开了柴门

1986 年 9 月 10 日

定州白果树

死了
还赤裸地站着
还高傲地站着

岁月的风火
烧掉的是孱弱
站着的是坚韧

铜干铁枝
矗起平原的脊骨

挺立着
挺立着拥抱穹苍
根如珊瑚
铸成大地之美

      1986年6月16日

大地块垒 刘小放乡土诗选

荒土上的红荆

从旋风里落下一粒种子
落在祖父跋涉的脚印里
一个坚韧的灵魂复活了

从凝固的苦涩里
爆出一道扭动的闪
生命之根
照亮沉积的岁月

早春
豁然抽出一柄红剑
刺破荒滩千秋空茫
一柱跳跃的火
燃起蓬蓬绿焰
呼唤着风
呼唤着小鸟和蓝天

一条金色的火狐之尾
一缕鲜活的灵气
飘摇在寥廓的天地间

1986 年 6 月 26 日于沧州

牵牛郎，你的缰绳

你牵着沉甸甸的秋天来了吗
你牵着苦辣酸甜的岁月来了吗

悄悄地爬上长满蒿草的土堰
默默地爬上荆条丛生的篱笆

举起蓝色的紫色的红色的酒杯
举起晶莹的星星，浓艳的太阳

唤起低地的绿色家族
都来痛饮大地的醇香

挺直腰吧，车前草
撒开网吧，蒺藜秧

牵牛郎，你的缰绳
拖出一轮含露的月亮

1986年6月26日

回 乡

我是一朵快活的云
飘回家乡
飘回月牙河边古老的村庄
又听见布谷鸟的啼叫了
又闻见麦苗的清香了
让我心中的思念化作雷声吧
在空中爆出
金色的诗行

我是一朵快活的云
飘回家门
飘回贴着大红春联的熟悉的
家门
又看到屋顶冒出的炊烟了
又听见妻子喂鸡的呼唤了
让我心中的思念化作喜雨吧
在亲人的头上
降下一场欢欣

啊！我是一朵快活的云
一朵贮满雷声和喜雨的云

1984 年春

挂 灯

正月
是香甜的
正月十五
是火红的

夕阳,是醉倒下的
月亮,是跳出来的
家家户户的门口
都挂着乐融融的灯笼

四叔家挂的是鱼灯
双喜家挂的是宫灯
七娘家挂的是走马灯
小牛家挂的是电子灯

彩色的生活
金色的憧憬
一条胡同一条灯河
一个村庄一团星云

忽然,一片乌云
遮住了月亮

鼓更响了,灯更亮了
天上,人间
都呼唤着光明

喂,那在银河边
遨游的卫星
你是谁家的
你看见了吗
我故乡的门口
那颗颗炽热的心

1984年2月12日

早 春

他赶着驴车下地了
斜坐在车辕上
看着《农家乐》小报
车上还有他妩媚的妻子
花头巾迎着春风
柔和地飘

左边是返浆的大田
右边是吐翠的麦苗
前面一片荒芜的碱场
是埋葬先祖苦难的坟包

他不由深情地打一声响鞭
她轻轻哼起抒情的歌谣
古老的乡路
轧了一道新辙儿
青青的白杨
绽开了新苞

小花狗紧紧跟在车后
嗅着路边发芽的野草

追赶着春天芳馨的脚步
跑到田埂上汪汪直叫

1984年2月13日

在田埂上

呵！绿色的田埂
我休憩的长凳
长满了马绊草、苣苣莱
盛开着马莲花、蒲公英

我和她坐在上面
共享劳动后的欢乐、轻松
我用瓦片打磨着锄头
她用草帽掮起芬芳的风

我卷一支一头拧的土烟
她捏一只荆条尖上的蜻蜓
打开口袋里的袖珍收音机
和天上的云雀相互和鸣

多美呀，我一躺下
就能做个新鲜的梦
蚂蚱竟跳到我额头上探险
蚂蚁结队去我脚趾间旅行

她掐根芦叶把我搔醒
风吹高粱花落满头顶

脚踏着广袤、醇厚的土地
走向欢乐、健康的人生

1984年1月3日

麦 捆

绿色马绊草拧成的绳子
结结实实
捆住了一个季节

大平原淳厚的画布上
隆起一捆捆沉甸甸的金黄

一辆麦车
从太阳里赶来
庄严地停在地头上

头戴草帽
赤着古铜色膀背的小伙
一声"嗨!"用铁叉
举起了辉煌的夏天

蓝天被举高了
白云游荡起来
金灿灿的大地伸展着
托着大地之子
托着黄金之神

大车拉着麦捆

隆隆驶过原野

田埂上

数不清的苦苦菜花

饮着麦香

微笑着开了

1985 年夏

梦的卫士

晌午
燥热的天
门外柳荫里
睡着一个
泥腿大脚的庄稼汉

他的妻子
悄悄地
坐在他身边
赶跑了鸡鸭
和几只讨厌的蝇子
悠闲地掐着草帽辫
眼睛
为他的梦
织了一道警戒线

呵！他睡得多美
舒畅的鼾声
颤动着树叶筛下的
太阳的音符
奏出了劳动的欢乐
梦的香甜

她，惬意地笑了
轻轻地
举起一根青秫秸
轰跑树枝上
那弹翅鸣噪的
蝉

1982 年秋

葵花林

呵，苗壮兴旺的葵花林，
生长在苦涩的渤海滩上；
快乐的一群、热闹的一群，
举起千百枚黄金的太阳。

一颗质朴的心在燃烧，
一首金黄的歌在喧响；
蓝天飞过轻盈的银鸽，
小径上走来采蘑菇的姑娘。

野草铺开翠绿的地毯，
所有的花盘都辐射着辉煌；
她走进一个纯真的童话，
好像做了幸福的新娘。

轻盈的步子带起嫩黄的风，
染香了一片秋的嫁妆；
呵！快乐的一群、热闹的一群，
举起千百枚黄金的太阳。

1985 年夏于南大港

村　街

凸凹不平
嵌着砖头瓦块
像一条浑黄的河流
流走了，那辛酸的岁月
动荡的年代

裸露着，木轮、胶轮
深沉的车辙
变幻着、穿鞋的、光脚的
奔忙的脚印
荡着庄户人放肆的笑骂
散发着咸涩的劳动的汗息

两旁，错落的土房里
传出悠远的白鹅的鸣叫，和
声声和谐的鸡唱
屋顶，飘起缕缕炊烟
像女人扬起轻柔的纱巾
呼唤远处耕作的田舍郎

姗姗来迟的高压电塔
威武地站在村口

一排路灯，骄傲地闪着
穷乡复苏的眼神
小毛驴和拖拉机同时下地
虽然，雨后还有些泥泞

黎明，这儿涌出
春的潮头
傍晚，这儿聚来
彩霞和歌声
夜深，街心千年的古槐
抖动一头如霜的槐花
把积郁的清香，汩汩地
溶进农家美丽的梦境

1984 年夏

老 农

撅着霜染的山羊胡子
敞露着赤黑的胸脯
腰,佝偻着
像一段弯曲的路

一朵乳白的云,罩在头上
燕子,箭似的从身旁掠过
他不用拐杖支撑
那前俯的身躯
腰后,却斜背着一把
使了一辈子的鹤嘴锄

这是多么和谐的平衡呵
这把始终舍不得放下的锄头
锄杠上攥出深深指印的锄头
锄板儿磨成月牙儿的锄头
成了他前进的杠杆
生命的桨橹

总有一天
他会在田头倒下
那起伏的金黄色的庄稼
就是他芬芳的碑文

1983 年 9 月

村之魂（组诗）

一个庄稼汉的葬礼

> 满脸霞光熠熠，他独自上升
> 喝醉了阳光，亮透了一颗心
> ——［希腊］埃利蒂斯

一个五十岁的庄稼汉
倒下了，倒在地气蒸腾的田垄里
苍茫的地平线颤动起来

乡野的风，抚摸着
他粗大的手脚，刚硬的头发
辉煌的太阳
照耀着他袒露的膀背
村民们，高高地抬起他
告别棉田、枣林、场院、坑塘
芝麻地、高粱帐
那闪着汗光的绿色生命
最后一次接受他
庄严的巡礼

在诞生过他的土炕上

在凝聚着他的悲愁与欢乐的土炕上
他做最后一次歇息
多么安详啊
作为儿子和丈夫
作为男人和父亲
他用吃苦、耐劳、憨厚、刚直
雕塑了渤海滩人平凡的一生
所有的亲人
为他祈祷铭福吧
用纯朴清洌的乡情
洗去他沾在脸上的草屑
和手指间黑色的泥土

村口,全村的人为他送葬
灵前摆着
他收获的小麦做成的馍馍
和一只每天为他报晓的雄鸡
骨匣上,没有旗帜、绶带的覆盖
也没有翠枝花山的环绕
只有蓝天、丽日、云霞、乡风
犹如他生前劳作于旷野

收录机开始播放
送葬的哀乐
二百响鞭炮为他起灵
　（即使身躯化为灰烬

也要埋进自己的土地呵）
村庄里，所有的摩托在前开路
汽车、拖拉机鸣着喇叭
为他送行

他年轻的儿子
怀抱着他的骨殖
怀抱着一段艰辛的路程

把他深深地埋进乡土吧
埋进一个梦幻
埋进一个苦痛
秋后，坟头将有一丛碧草
向大野歌唱生命的欢乐

1985年6月

墓茔——村庄

连绵的土丘
像耸起的一片浑黄的屋脊
地下仿佛覆盖着一个古老的村庄

我的大骨架的祖先
率领着他一代一代握锄杠的子孙

安息在这葱茏的旷野

一个绿色的家族
一个匍匐的家族
活着,汗流在一处
死了,也葬在一起

不管长辈、晚辈、男的、女的
穿鞋的、光脚的,或先或后
甩掉忧患与烦恼
都汇聚到这梦中的天国

世世代代的庄稼汉
组成一个地下的根系
用血肉浸透了这块土地
没有碑文、牌坊、石像生、兵马俑
只有破碎的陶片和无名的小草
闪着历史的汗光

周围,簇拥着高粱的卫队
起伏的绿涛躬身膜拜
蛙鼓队敲出一片秋的芳馨
广袤的大野,贮满
土地的浑厚与历史的凝重

呵!压弯的乡路

一条历史的纤绳
向前伸延着、伸延着
连着苍茫的墓茔
系着衍变的新村

哦,老祖父

你还圪蹴在场院那块碌碡上吗
那掺着菁麻叶的蛤蟆烟点着了吗

即使你长眠在九泉之下
那青铜的烟锅也闪着大地的沉思

你轰的那挂大车拐了几道弯了
黄泥路上,还回荡着你的吆喝声

你攥出指印的那根杉木锄杠
至今还握在儿孙们的茧手之中

你闯关外,走西口的经历呢
结成故事,挂在老槐树的绿荫里

你曾以农民的伟大
倾囊相助逃荒的灾民

你也以农民的狭小
与族人争夺一条二寸宽的地埂

你把全部的血汗留给了土地
又把质朴的倔强留给了儿孙

呵!老祖父,你青铜的烟锅一闪一闪
像一粒亲近而遥远的星辰

一颗忍受煎熬的心

在星星草摇曳的梦里
我颤声呼唤着:母亲

她挎着小包袱
从外祖母传授的"女儿经"中走来
背着柴草、挑着饭罐
从田间小路上走来

那用自己织的粗布
缠过的小脚
跋涉在泥泞的岁月里
她蓝天一样深蓝的衣襟
掩藏着一颗温暖的太阳

她用背驮着我
跪爬在田垄里除草
我在世间最崇高的热土上
同玉米一起拔节

她用屋顶轻柔的炊烟
呼唤在田间劳作的父亲
她用纺车摇动月光
给我织一个明亮的故事

她先后生下七个儿子呵
竟有六个在夜暗里丧生
忍受着命运的折磨
她面对菩萨,默不作声
忍受着父亲焦躁的打骂
她日夜操劳,默不作声

在那个饥饿的年代里呵
她用苦水淘洗那颗苦过的心

把口粮全部省给丈夫,儿子
自己却悄悄地闭上了眼睛

呵!这里埋葬着一颗
忍受煎熬的心

我颤声呼唤着：母亲

1985年6月

这里，有我的墓穴

> 在起伏的墓茔之中，父兄们早为我留好了一方墓穴。
> ——手记

面对一块含着盐碱的泥土
一块生长荆蒿、芦根、黄蓿菜的泥土
一块栖息野兔、蚂蚁、云雀、鹌鹑的泥土
我的心，战栗了

这就是上帝
给我选择的最后的位置吗
前面，紧紧靠着我的父母
左右，紧紧挨着我的兄长
呵，我加入一个严整的梯队
一个前仆后继、繁衍不息的梯队呵

这块泥土孕育了我，哺养了我
最终还要收留我呵
我扑在宽阔、质朴的怀抱里

深深地呼吸母体的温馨
我身上奔涌着你河流的血液
我臂膀上隆起你土岗的肌腱
我头上蓬松着你茅草的坚韧
我眼睛闪射着你坑塘的深沉

你丰年饱满的麦粒
和艰月干瘪的草籽
给了我黄土的细胞，太阳的肌肤呵
你的海浪似的田畴
和闪电似的小路
引我走出一个天的穹庐
跨过一道地平线的栅栏

我是一枚随风飘飞的树叶呵
有过天真、有过狂妄、有过困惑
有过酷爱、有过悲恨、有过快乐
当我蹒跚地走完人生的路程
地母呵，用你早春的圣露
洗刷我的灵魂吧
呵！这里，是我的墓穴

这是我梦中的伊甸园呵
我愿与世代泥腿庄稼汉一起
侧耳倾听丰年的蛙鼓
和历史拔节的绿韵

像埋下一粒诚实的种子
我的灵魂将在这热土里发芽

春天,一朵无名的诗花
将在这里微笑
并且深情地向世界说
谢谢,大地
谢谢,生活

      1985年6—8月

林冲夜奔
——观裴艳玲演出

一

啊——咳——
从心底爆发出一声啸叫
穿透冷漠的历史之夜

一个窈窕的沧州女子[1]
竟化为潇洒英威的伟丈夫
旋转踢踏
纷纷扬扬
洒一路豪风
洒一路壮雪
洒一路浩叹
洒一路悲歌

二

一股沧州风
一场沧州雪

[1] 裴艳玲，沧州肃宁人，河北梆子表演艺术家。

一个空灵浩茫沧州夜

千点梅花

开在谁家庭前

高卧的幽人

吟什么闲诗雅篇

草屋寒野里

一个蒙受屈辱的灵魂

一个有血有性的灵魂

跌落于怨海恨火之中

抉择

抗争

啊——路哇

三

昏天

黑地

山神庙里的神灵

竟瞎了一双双眼睛

它们也怕高俅那厮吗

也怕那镶金裹翠的帽翅吗

也怕那人头似的印玺吗

也怕那血花花的纹银吗

啊！白虎节堂
冤狱之门

四

一葫芦烈酒
八千里风雪

从草料场的火光中
看透衙内们的欺民之术
看透陆谦们的升官之术
看透富安们的富贵之术

火焰升腾
雪野里每一根挺直的芦苇
每一株站立的蒿草
都燃烧得噼啪作响

愤恨之极
爆裂出一道道威壮的血光

五

雪啊，铺一个晶莹世界吧

望断天涯
可怜贞娘温情
催落点点英雄泪
更有那野猪林中
鲁智深横空断喝
一根铁禅杖矗起侠肝义胆

孤旅天涯
沧州，一座世袭的官邸
卷起一股清爽的小旋风

六

风雪
长夜
一杆花枪
挑出云间皓月

手，战栗着
抚摸面颊
那刺配的刀痕好深呀好深
千年之后
会流成一条无名之河

甩掉豹子头上的荆冠

义无反顾

古老的沧州道上

闪出一条囚徒之路

七

刚健之美

飘逸之美

怨愤之美

悲壮之美

娇娇沧州女儿

荡起一股历史雄风

坎坷的沧州道上

闪烁着一条"夜奔"之虹

1986年1月2日

中秋生日

我的生命也是明亮的
飘飘然
与普天下观赏的那轮皓月
一起诞生

我是一滴思念的清泪
我是一杯甜甜的欢乐
我是一节连接未来的历史
我是一首沉吟了五千年的古歌

曹孟德以观沧海的明月哟
李太白如意杯中的醉月哟
苏东坡水调歌头的江月哟
郭小川枕戈待旦的山月哟
阴晴圆缺
心上没有一丝皱纹
星移斗转
还是那么从容皎洁

以风雨的晕环而告天下
那不是神圣的光圈
似如血的云火而警世人

天上没有宫阙

哦　我随明月而来呵
梦随明月而归
当贪婪的天狗爬出阴云
我的心
将用纯真敲响

　　　　　　　1985 年中秋节

青萍剑

秋月之下
我观看
一个庄稼汉舞剑

当他举起
亮闪闪一柄青锋
憨厚的庄稼院
竟变得如此雄浑

一副青铜的臂膀
旋绕一弯秋水
金波银澜
涌喷出
金属之声

握着一道不灭的闪
牵着一股晶莹的风
寥廓的天地之间
一朵绚烂的生命之花
开得如此生动

风停浪歇

他抱剑而立
一席话落地生根：
"此乃青萍剑
曾名扬北国武林
祖辈居乡间
只为强体健身"

我环顾这普通农舍
院中有秸子、锄头
还有摩托、真空井
墙壁上那把高悬的剑鞘
呼啸出强悍的乡风

       1984年9月8日

春日偶拾

一

小草，从坷垃缝中
钻出闪闪的叶柄
风，牵着阳光跑来
弹试着这鹅黄色的剑锋

二

燕翅擦亮了穹顶
草尖高举着露灯
凤凰似的彩霞跃出深宫
手捧春阳开始新的行程

三

峭壁上，迎春花
开出一片灿烂金星
流云，染一身芬芳飘去
化作细雨撒进了田垄

四

从复苏的土层里
挺起一株绿笋
为旋转的宇宙的唱盘
添一根活泼的唱针

五

蒲公英的小伞
携带着倔强的生命
在发光的时空里
宣布绿色世界的永恒

放风筝

春的使者
美的精灵
在复苏的土地上腾起
乘着温和而多情的风

高高地升起一朵微笑
远远地飘起一片真诚
长长的纤绳
拉出晴朗的岁月
让一颗欢乐的童心
在深邃的蓝天驰骋

盐碱滩

一

土是碱的
水是咸的
苍凉苦涩的土地呵

自古来
生长着红荆、黄菜
还有被流放来的
倔强的生命

二

历史,跋涉着
从沧州古道上走过

三

一位
带枷的囚徒

用皲裂的手
战栗的心
铸造了一头镇海铁狮
碱滩上，矗起一幅
千古不朽的浮雕

四

苍茫夜色里
八十万禁军教头林冲
枪挑一葫芦烈酒
浇不息
十里风雪
一腔忧思
草料场上的火光
在高亢的西河大鼓里
一代一代地燃烧

五

芦花飘絮
大雁南飞的季节
捻军统帅张宗禹
落滩而来

大港的水

洗净他身上的污血

白发老妇,打开柴门

迎进了这个异乡的儿子

大洼草淀里

埋下了一颗

不屈的种子

六

娘娘河流着

流来了火车的隆隆声

土房茅舍里

走出了赵博生将军

他用渤海滩带咸味的乡音

唤起了

震惊中外的宁都霹雳

七

一位共产党员的热血

流在了海滩

被染红的太阳

从他怀抱里升起

——黄骅
古老的县城高高地
举起了他的姓名

八

当代
一位有才华的诗人
——邵燕祥来了
芦叶刺破的手
栽着绿色的稻秧
海滩上留下一方
茁壮的新诗

九

土是碱的
水是咸的
哺育的生命是顽强的

当满洼的高粱咔咔拔节
当如镜的盐田堆起盐山
当大港的井架举起黎明
一列内燃机车

沿着沧州古道而来
为激动不已的渤海
带来一串
明亮而新颖的故事
……

      1984年1月20日

风

呵,海风——
用透明的手指,
按动宏伟的
浪的琴键!
时而吹起
轻柔的短笛;
时而喷放
奔雷似的和弦!

海鸥——翻腾的音符,
月牙儿——一艘浮摇的舢板……

1980 年 9 月

航海灯

一

祖国蔚蓝色海门上,
两排红亮的铆钉。

二

在波山浪谷里扎根,
在夜海迷雾里吐艳;
闪动着多情的眸子,
跳耀着向祖国问安。

1980 年 9 月

海潮月

夜半潮涨,
大海荡漾;
哗啦啦浪花儿轰响,
潮水里飘起一轮月亮。

大似银盘,
白若秋霜,
银灿灿,明晃晃,
挂在渔场船桅上。

它刚刚做完海浴,
洗下了一身银光,
瞧那千顷大海,
叠着层层银浪。

看它多么多情,
追着船儿不放;
莫非月里的吴刚,
想跟咱学习撒网?
船头月影动,
天上桂树晃,
清风吹,满海桂花香。

夜半潮涨,

大海荡漾,

船儿划到银河旁,

星满网,月满舱……

1979 年春

老驾长

脸上　镀了一层

太阳的紫釉

岁月的雕刀

在额头上刻下

条条风的峡谷

道道浪的波纹

一缕轻轻的云

从他弯弯的烟斗里飘出

眉峰上凝着

铁一般的沉思

不在平静的浅海

捞取虾毛

远涉坎坷的重洋

围猎鱼群

船尾生风

船头压浪

他屹立在船台上

一尊紫铜的雕像

1981 年秋

摇 篮

在汪洋大海中,我看见一艘"家眷船"上,男掌舵、女下网,一个匍匐学步的孩子,在舱板上玩耍……

呵!海的儿子
你在波谷的怀抱里微笑
你在浪峰的手掌上欢跳
海风,用低沉的喉咙
向你唱着惊险的歌谣

夜晚
你在绣满星星的蓝缎上入睡
月牙的奶瓶
滴给你清醇的玉液
黎明
潮姑娘轻轻把你推醒
太阳的金锣
向你震颤光明的音响

呵!海的儿子
海燕围着你飞舞
浪花绕着你开放

铿鸟，带给你一片

远方的虹霓

渔网，给你捞起一船

奇妙的梦想

当我乘着现代渔轮

从你身边驶过

庄严地拉响

呼唤你的汽笛

浩瀚的大海

用浪的手臂

高高地，高高地把你举起……

夕阳里的剪影

海底,下好了网
桅尖,歇息着风
在晚霞的紫绒天幕下
荡漾着一艘渔船的剪影:
一个小伙坐在舵楼上吹笛
夕阳的铜镜
镶着他
闪耀着一圈橘红的光轮

呵!火热的笛音
在起伏的海浪上漩流
颤动着生活的欢乐
跳跃着彩色的憧憬
轻轻地、轻轻地吻着海波
深深地、深深地揉进了海心

于是,乖僻的海
骄矜的海
竟是变得那样温柔
舒展着蔚蓝的裙裾
脉脉含情
呵!一个年轻的渔人

大地块垒 刘小放乡土诗选

在夕阳里吹笛

大海，泛起一层

青春的红润

1982年10月

海之魂（组诗）

渔鼓老人

他用铁锚似的手掌
敲醒了喧腾的大海

三尺竹筒
漫一方鱼皮
老人抱在怀中
像抱着搏击的樯橹

打鱼的人呐嚎嗨——
硿！硿硿硿——

他的手指战栗着
渔鼓发出沉重的回音
仿佛浪涛拍击船头
仿佛海流吞吐着远风

他的胡须抖动着
沙哑的嗓音
飘向空阔的海域
滩涂，摇曳几丛

倔强的芦苇
海口，旋起一群
银亮的鸥群

披风踩浪的老渔人呵
一辈子沉默
少言寡语
可一旦唱起渔鼓
眼里就放出奇异的光彩

打鱼的人呐嗬嗨——
硪！硪硪硪——

那豪迈沉雄的长调
从遥远的年代飘来
海浪的音符
谱出颠簸的人生
一首辈辈相传的渔歌
竟使他热泪盈盈

顶凌出远海唱过的渔鼓
推车卖虾酱唱过的渔鼓
凝着他的深情
蕴含着蔚蓝的大海
他听着渔鼓而生
将哼着渔鼓而终

打鱼的人呐嚆嗨——
硿！硿硿硿——

　　　　　　　　　1984 年 11 月 25 日

墓前，一幕活剧

渔家的坟墓
都坐落在开阔的海滩
活着迎风搏浪
死了也面朝大海

傍着自己的父老
这里又添了一座新坟
咸涩的海泥
长不出红花绿草
却有荧光闪闪的贝壳
镶嵌在坟头

一个年轻的渔妇
在坟前哭泣
声声呼唤着自己的丈夫

那是一条多么壮实的汉子
一场莫测的风暴

使他消失在海洋
全村的机船去寻找他呀
只捞起一块破碎的舢板

十天过去了
乡亲们，按照古老的习俗
埋葬了那块舢板
和他使破的渔网
这里，又睡下了一个渔家的儿子

墓前，他的妻子
在虔诚地祈祷
突然，一个年轻健壮的渔夫
大踏步从远方走来

她凝视着他
惊呼着他
只怕是在梦里
他憨笑着
指着自己的坟头：
你们根本不该想到
我会在大海里死去

他携着她走了
准备着明天
重新出海

一行深重的脚印
留在海滩上

只有奔腾的海潮
来朗读这强悍的宣言

1984 年 12 月于海堡

海堤上，站着一棵老树

它，在海堤上挺立
苍劲的手臂
召唤着远方的渔船

谁也记不清
它活了多大年纪了
铺满盐硝的海滩
长不出一棵树
唯有它——一棵老杜树
竟然在海堤上挺立

它的根，牢牢地扎在
贝壳凝成的沙坨上
大胆地探求
沙层里蕴含的

生命的甘泉

顽强地吸收

茫茫碱滩岁月的苦涩

从海贝的骨殖上

获得一片鲜活的绿色呵

迎着大海日夜歌唱

海风吹皱酱黑的肌肤

顽强的年轮

浓缩着奔涌的海浪

它的身躯躬着

像一位守海的老人

海上，数不清的渔船

远远地，只要望见它

人们就高兴地喊叫

看！那是咱们的家

出海归来的渔人

一上岸，就亲热地

张开臂膀拥抱它

渔妇们，逢年过节

端来最好的食品

供在它面前

它的身上

年年贴满吉祥的春联

它是一位神圣的老祖父呵
日夜守望着大海的子孙

1984年12月草于海堡
1985年12月改于石门

家眷船

动荡的家
自由的家
没有地址的家
产生了形影不离的劳动
生死相依的爱情

来自古老的北运河畔
从刘绍棠的小说里
能找到他们使船弄舵的祖先
那秀丽的苇乡泽国
竟被岁月的泥沙淤积了
他们随着萎缩的河水
来到苍茫的海滨

因不愿弃渔务农
才离乡背井呵
一句地道的京东土话

就可唤起燃烧的乡情
他们怀恋故土
更眷恋着渔船
常常举起酒杯
将一腔豪情洒进大海

黎明
随着早潮出海
辽远的视野布满艰辛
用祖传的三层网和钩子
捕获当地渔人难以捕获的大鱼
男人和女人
用眼神儿协作
在轰响的浪花里
采摘蹦跳的欢乐

傍晚
船儿泊进河湾
成群的海鸟在头上盘旋
女人拉着风箱
升起鲜美的烟霞
男人从岸上背回
一个多彩的商店

风吹着
船摇着

当银色的鲈鱼跳进男人的梦中

渔灯下

渔灯下

传来女人轻幽的歌声

那歌声　传得很远

催落了天边那颗闪耀的星星

1984年冬于故乡

赶海鸟的姑娘

噢——嗬——　一声

清爽的呼唤

使辽远的海平线跃动起来

一双纤巧的手

拉开淡淡的夜幕

晓星残月

都哗啦啦掉进潮水里

她从黎明中走来

她的手中

没有渔网渔梭

没有渔篓渔叉

而是一本厚厚的《海洋养殖学》
荒寥的滩涂
开出一片明镜似的池塘
育着她青春的追求
和玫瑰色的憧憬

噢——嗬—— 她
呼唤着
站在朝阳的红轮上

茫茫海滩上
那矫健的鸥鸟
那长腿的鹭鸶
那肥胖的野鸭
那机灵的鱼鹰子
竟贪馋地盯着她的池塘

噢——嗬—— 她
呼唤着
威严地捍卫着自己的领地

她在池塘边读书
遐想着
静静地观看
池中虾群的舞姿
那对虾弹出的每一朵水花

都在她心中芬芳地开放

噢——嗬—— 她

呼唤着

海天翻飞起海鸟的音符

1984 年 12 月

海 堡[1]

海边
一排排起伏的土房
像凝固的浑黄的波浪

一代代渔人
在这儿劳作,繁衍
咸腥的风
塑就了紫铜色的肌肤
颠簸的浪
培育了强悍的人生

贝壳铺成的道路
闪烁着点点荧光
掩埋了昔日
鸡公车推虾酱的呻吟
和暴风后
船翻人亡的悲怆

渔港里
森林似的桅杆

[1] 渤海湾的渔村在当地被统称为"海堡"。

举起了黎明海鸥的银翼

带起一片早潮的喧响

每只船

都启动了马达

调正了方位

铁锚

汗淋淋挂在船尾

腰挂酒葫芦的老驾长

站立船头

吹响厚重而辉煌的螺号

呵！出海，出海

向着辽远的海平线

向着深邃的大洋

用勇敢和胆识

完成人世间

最雄壮的历程

呵！海堡

赠给千帆倔强

迎来万船豪爽

渔 眼

在远海围网船上,有丰富经验的渔民登高昼夜观察,寻找鱼群并指挥捕捞,人称"渔眼"。

黛青色的流线上
庄严的方舟
织着沉雄的歌
他,屹立在瞭望架上
簇拥的波涛
举起一尊涂金的雕塑

一双明眸
镶嵌着
天的辽远
海的深沉
大洋的风
从他眼角的鱼尾纹里
浩浩荡荡地通过
险情蛰伏的海路呵
刻着父老的遗嘱
记忆的网花上
泪珠滴着悲响
他,俯伏着

海在脚下奔腾

在每朵浪花上采摘希望

在每个漩涡里探寻春色

忽然,他浓重的眉毛

拧出声声雷,道道闪

追击!围歼!大将军

八面威风

绞网机兜紧底绳

拖得浪在抖、海在颤

当十万鲅鱼进舱

海燕衔来贺电

他,在高高的瞭望架上

已鼾声大作,睡得正酣

洁白的云朵

托着他美丽的梦

悠然地游向远天

海 浪

欢跃着,嬉闹着……
像一群活泼的儿童
穿着蓝色的水晶
黎明,举起鲜嫩的太阳
夜晚,抱着蹦跳的星星
不停地呼唤,不停地寻找
海滩上留下晶莹的脚印

激动着,飞跑着……
似一群奔马
冲出悲鸿大师的浩浩画卷
扬起蓬蓬汗淋淋的银鬃
拍击着古老的堤坝
撕咬着礁石的狰狞
竖起前蹄,一声长啸
呵!终于望见远方的草场了

振奋着,鼓荡着……
这地球雄健的脉搏呵
强大的心肌
呼吸着壮阔的风
深沉有力的律动

爆发着青春的雷鸣呵

空气，滴着橘黄的清新

天显得潇洒

地显得年轻

沸腾着，燃烧着……

这蓝色的血液，蓝色的火焰呵

一波一波是情的凝结

一朵一朵是爱的升腾

呼唤着雷的锤子，电的凿子

把一腔情思

锻作天上彩虹

呵！我是一朵海浪

在不懈的追求中获得新生

1982年秋

我　想

我问透明的风，
我问澄澈的浪，
哪儿是八仙过海的地方？
我想沿着他们的足迹，
寻访大海的源头，
探测大海的容量。
我想在绚烂的晚上，
和月亮一起洗澡；
我想在明丽的清晨，
和太阳一起梳妆；
我想用那湛蓝湛蓝的海水，
洗掉身上世俗的肮脏，
我要让这年轻的肌肤，
染上一层古铜色的光！

夜海奇遇

谁聚来千颗银星,
在夜海里镶起一座翡翠城?
远看像一束宝石花,
璀璨地开在大海的前胸;
近看是一座珍珠塔,
辉映着海里的水晶宫;
是影?非影。
是梦?非梦。
我看见几个美丽的姑娘,
在星树灯花下上工——
听!
轰隆隆——轰隆隆——
她们旋转一串金色的钥匙,
在把海底的油海大门启动……

大地块垒 刘小放乡土诗选

海 鸥

一

啊,海鸥在翱翔……

银白的翅膀
一对弯弯的月亮

追求自由和光明
庄严的旅程
美的远航

二

啊,海鸥在腾跃……

搏击的翅膀
一副锃亮的镰刀
割开相接的海天
擦着铁青色的礁石
爆出一声火的呼啸

1980 年春

海 望

黎明

东方

海,颤抖着

沁出殷红的血

溅湿了千层云

染透了万顷浪

啊!一声轰响

大海,安详地

从怀里捧出来

捧出来一颗

红亮的心脏

圣洁啊!像普罗米修斯

茴香枝上的金焰

庄严啊!像丹柯迸开的

年轻的胸膛

呵!面对这

博大,红亮的襟怀

照穿我,狭小的气度

可卑的私欲

庸俗的惆怅

我,凝望着
遐想——人们呵
如果
都为世界,捧出一颗
火热的心
那么天庭,一定会
升起
数不清的太阳

1980 年春

海水的遗产

狂风把海水推上了海滩,
一下子被关进块块方田;
那道道纵横的地埂,
像条条交错的锁链。
离开大海的海水,
再也没有自由的波澜;
被囚禁,被阻隔,
每天承受着烈日的熬煎。
终于,化作一团蒸气,
无声地离开了人间;
而留给大地的遗产,
是那痛苦的结晶——盐!
它洁白、杀菌、防腐,
因为和眼泪一样苦咸……

1979 年夏

海 啸

一

大风,扯起一天
云的旗角,
海底,轰响着
军鼓铜号,
百万骠骑队
铁甲连环
奔腾而来!
嘶鸣,咆哮……
在辽阔的舞台上,
滚过一幕宏伟的雷暴!

二

闪的鞭子——
发着天威
抽打着
赤裸的
浪的脊背;
雷的回声——

矛与盾撞击出
血燃的号炮!
多少不平,
多少壮歌,
鼓起大海激荡的心潮……

三

呵,地动!
呵,天摇!
前面,倒下去
一排排巨浪,
后面,站起来
一队队惊涛!
冲决坚固的堤坝,
淹埋森森古堡,
把浮起的贝壳
连同寄生蟹,甩进
淤积的沙丘,
把闪亮的
千川万溪,迎进
沸腾的怀抱!

大地块垒 刘小放乡土诗选

四

风,唱着
豪迈的进行曲,
浪,跳着
粗犷的舞蹈;
力的进击,
爱的寻求,
美的创造……
看!海燕呼唤的碧空,
现出一架七彩的虹桥。
呵!海啸——海笑:
沉思的历史——
一次深呼吸,
旋转的地球——
一次壮丽的飞跃!

大地块垒（组诗）

端大碗

那是一副铁钳子似的粗手
不知在太阳地里经过多少次淬砺
手指节都磨成榆木疙瘩
两手空空
却缀满金黄的老茧的铜钱

这样的手
才能端起那大碗

那是一碗红薯热粥
那是一碗泥鳅梭鱼
那是一碗井拔凉水
那是一碗高粱烧酒

一碗粥喝响了一片山水
一碗鱼嚼腥了整个村庄
一碗凉水可以浇出一口字正腔圆的河北梆子
一碗酒下肚那乡间小路也变成古道热肠

那是一只海碗

碗口如同一轮圆月

碗边儿涂着海蓝色纹路和粗壮的花草

托在手上只须轻轻一弹

就发出一种沉实宽宏的音量

我的先祖就用这大碗宴请八方亲朋

与邻村的一场官司打了九九八十一年

我也曾光着脊梁端起那大碗

在月下一憋气喝下六碗菜汤

那是个饥饿难熬的年头

在那敦厚的北方的土炕上摆着这大碗

在那娶媳妇的婚宴上摆着这大碗

在那老人们死后的灵棚前摆着这大碗

在村庄的屋基与荒野的墓穴里都深深埋着这大碗

葱茏的田野

地头上有一只水罐

上面　放着一个

大碗

赶大车

一辆马车悠悠地从天边驶来

那是一艘远行负重的船

犁开一簇簇浪花的灌木丛

惊炸起一群轻盈的银鸟

飞沫般溅进低矮的云层

留下两道深深的刻骨的车辙

穿透虚无

穿透苍茫的地平

那是铭心的颠簸和摇荡

那是由远而近的震颤

那是岫云的影子

那是春雷的花朵

车轮辚辚

马踏乱铃

只有这叩拜泥土的声音

才使乡村和大野惊奋

咯噔咯噔　咯噔咯噔

那是我的童谣呢

还是我骨骼的拔节声声

五月　有一车麦黄的温馨

八月　有一车高粱的火红

车碾轧着路

路拥载着车

追逐生死轮回的平凡人生

谁都记得那个复苏的春夜

老祖父背着粪筐出了村

他尾随一辆急驶的马车

追撵着车上男女的说笑声

黎明　车马突然不见了

消失在一片古老的墓茔

哦　莫非那位死去多年的车把式

又轰着大车在乡路上夜行

我深信　那是一辆超越尘世的车子

跨过坎坷和荆棘　地狱和天空

只有深厚的泥土的家园

才依恋那些劳苦一世的魂灵呵

从此　每逢到了清明时节

人们都在夜里静静地倾听　倾听

乡路上　有一挂大车匆匆而过

上面坐着我的骨肉亲人

1992 年 3 月 15 日

唱大戏

那是一座古老的戏台

用故乡如血如胶的黏土垒筑起来

用千年的碌碡

夯了八八六十四夯　排了八八六十四排

摔打进乡村爷们儿几辈子的吼喊

还有乡野娘儿们儿多情的期待

在大地记忆的皱褶里

那是扭结的悲与喜　裸露的情和爱

那是一座高高的戏台

把男女老少的眼睛统统抬起来

弥漫着场边谷堆的清香

流溢着村围草垛的丰采

只有在这时候

女人们才纳着鞋底

汉子们才吧嗒着烟袋

品评那红红绿绿真真假假的世界

那是一座男人的戏台

浑厚雄壮地在大地上崛起来

呼啸着庄稼地里强劲的野气

跳荡着盐碱滩上草荻荆蒿的血脉

那是林冲夜奔的英魂

那是窦尔墩盗御马的胆魄

每当名生武牛子出场亮相

就让那些女人骚动不安　泪流满腮

那是一座女人的戏台

浑圆丰满地在大地隆起来

飘出田畴一股春草的乳香

透出皎月万般妩媚的情态
那是梁红玉击鼓的深秋
那是穆桂英出征的山寨
每当名旦银达子劈腿大跳
就让那些男人心旌摇荡　目瞪口呆

那是一座神秘的戏台
百年日月镀一层铜绿
百年风雨织一身苍苔
那死去的　眼望着它才能瞑目
那新生的　心朝着它才会开怀
即使岁月的泥沙将它掩埋
那千家万户的门窗　祖祖辈辈
依然朝着它大开

1992年3月18日

砸大夯

三月　我周身血液涌动
肌腱在两股间在胸臂上拧成了疙瘩
骨节不由咔咔作响
此刻　号子
如喷薄而出的太阳
点燃起蓬蓬大潮拍击野空

雄性的火焰
从大地上腾起

（大夯高高举起呀嘿——
狠狠地往下砸来吧——）

那是一盘千斤大夯
夯实了村庄千年地基
那是一颗古老的陨石
熔铸了日精月华神风鬼雨
磨一磨镰刀
就爆一串火星
蹭一蹭犁铧
就炸一溜霹雳

（大夯高高举起呀嘿——
狠狠地往下砸来吧——）

挺立着是"大"
俯下腰是"力"
祖祖辈辈用大力摔打成这个"夯"字
你是夯　他是夯　我是夯
所有的脊背都闪耀着辉煌
手臂的虬枝伸向苍穹
向着今生　向着来世
高高地高高地擎起来

大地块垒　刘小放乡土诗选

那是一粒宇宙的星辰

（大夯高高举起呀嘿——
狠狠地往下砸来吧——）

阳光般响亮的号子
是泥土深处最古老的心音
夯的年轮无涯无际
如历史的唱盘浑厚而又混沌
那是红尘的渴望
那是汗血的祷告
只有嘶哑的喉咙才吼喊出那神韵呵
每一声都震得大地微微战栗

（大夯高高举起呀嘿——
狠狠地往下砸来吧——）

逮大鱼

那时候　渤海滩十年九涝
我的故乡在九河下梢
那是一片苇乡泽国
厚厚的乌云常压在心头
天　只要一打雷就下雨
在浓密的雨帘里

常有一拃长的银鱼飞进院中

鱼——鱼——
胎盘中跃动的灵性
不期而至的人类的至亲
穿过泥土禁锢的黑夜
穿过神奇的童话般的梦境
活蹦乱跳着
溅起了世间的涟漪

此时　劳苦的人们
才无限感恩脚下的土地
在那深厚的土层里
蕴藏着密不可测的草种鱼子
没水的年头到处长草
有水的年头遍地生鱼
千年万载无尽无穷

于是　在一片喧嚣的蛙声里
村路变成了河流
铜根的红荆
高挑起粉色的花穗
几杆苇叶在波浪里沉浮
树梢上跳动着一点二点三点
老天爷饿不死没眼的家雀儿

土台子上的村落

一艘不会沉没的古老方舟

来来往往的身形织成一张大网

拉起古往今来的欲愿和祈求

面对眼前美丽的水花

我跃跃欲试早就憋足了劲头

鱼　跑了

跑了的鱼都是大鱼

而我　永远高举着手中的鱼钩

拉大锯

在我刚刚匍匐学步的时候

母亲就攥着我的手臂拉大锯

拉得我前俯后仰

拉得我腿脚硬朗

拉大锯　扯大锯

姥家门前唱大戏

在我学会站立的时候

就看着大伯拉大锯

大伯是家族里唯一的木匠

他一生最拿手的绝活儿

一是给快死的人打棺材
一是为耕地的人打耖子

拉大锯　扯大锯
天上的牛郎会织女

在我长大成人的时候
就跟着大伯拉大锯
你推我拉嚓嚓喊喊
金黄的锯末沙沙响着
喷着年轮里久远的香气
当大伯撂下最后一手活儿
几块木板装殓了自己

拉大锯　扯大锯
阎王不叫自个儿去

当我走南闯北的时候
崎岖的路途正是那柄大锯
退退进进　春春秋秋
噬咬着我的灵魂
割裂着我的躯体
殷红的锯末默默流淌
我的心　永是一把爱的火炬

拉大锯　扯大锯

你来我往开天地

开大荒
——记我的第十世祖

落根碱滩　破土圈地
鼓起安身立命的满腔血气
撅柄上挑着酱紫色的水罐
荒土里插下新安的铧犁
一口唾沫搓在手心
哧喇喇甩掉了汗衣
抡圆了胳膊　云开日出
脚下升腾起新土的气息

哟哟　我的祖宗
一条拓荒的汉子

一阵烽烟掠过燕王扫北的马蹄
那是历史上一次悲壮的迁徙
活活地离开了故土家园
担筐撅篓来到这荒滩野地
吼起先祖创世的歌谣
代代传下那大槐树底下的故事

啊啊　我的祖宗
一条北方的汉子

每逢清明都向着西方跪拜
一把镢头重在这野土上奠基
有种有性的才不走回头路呢
荒原里雕出那形如弓弩的身姿
那是挥镐抡镢耕耩锄耪汗珠子摔八瓣儿
谁对土地不躬不亲
谁就是不仁不义的不肖之子

哟哟　我的祖宗
一条粗壮的汉子

即使倒下了　血肉腐朽了渗入泥土
那弓起的坚实的骨骼
还如同一架在地底深耕的犁
春天　在那蒸腾的地气里
可以沉沉地听到
那骨节咔咔　还在用力的声息

啊啊　我的祖宗
一条血性的汉子

大地块垒　刘小放乡土诗选

擂大鼓

那是一股罡风的诞生
那是一排海浪的激荡
那是一千匹天马亮开了银蹄
响亮地驰过晶莹的天堂
那是斑斓的群虎跃出深涧
呼啸着掠过旷野荆莽

啊　我的北方大鼓
我的大地鼓王

鼓槌扬起起伏的山峦
张开大地美丽的翅膀
那是一株绿树的腾舞
那是一股喷泉的飘扬
那是一条弯弯河流的千古跋涉
那是一穗血红高粱的浅吟低唱

啊　我的北方大鼓
我的大地鼓王

金黄的鼓面　面对青天
蕴藏世间的欢乐和悲怆
是烈焰中歌唱的风
吹拂云朵般庄重的思想

是古铜的太阳的岩石
迸发璀璨的星花和春光

啊　我的北方大鼓
我的大地鼓王
随着那鼓声我走进岁月深处
叶形心搏动着鼓的音响
我是闪裂的豆荚　伸延的藤蔓
我是爆开的石榴　辐射的麦芒
过了那道阴郁的沟坎
就是那透明的金秋的门廊

啊　我的北方大鼓
我的大地鼓王

1991年4月

伏　河

伏河　横躺在渤海滩的北五乡
那是连接大运河与渤海的一根带子
每年　强硬的西北风
就顺着这河道奔向海洋

伏河　是一条季节河
好像只有三伏天才涌来翻滚的波涛
就凭这点苍天的恩泽
才使两岸有了六畜兴旺的风水
才滋养出金科牛　银王官　马棚口子　后场院
这是一串让后人引以为豪的村庄

伏河两岸　有淤土三尺
生长优质的黑豆红粱绿葱白菜
还有一片一眼望不到边的大苇洼
当年李二猴子在这儿揭竿而起
一夜间就拉起一支威震四方的队伍

伏河河堤如一道蜿蜒的城墙
上面伫立着一排黑瘦高挑的紫穗槐
在深冬落日的余晖里
像是一队守城武士

很远　就望见那最高最高的树杈上
举着一个个浑圆的老鸹窝
宛若仙狐野怪托在空中的一只只黑碗
在那海风浸淫的月色里
里面　闪现着一粒粒古老的贼胆

常有豪风突然而起
时有爽雨不期而至
悠悠伏河　流淌着一首老歌
东连着大海　西通着高山
它就是挑着山海的那根沧桑的扁担

　　　　　　　　1995 年 10 月

大旋风

季节很闷热
树木和青草都在焦躁地等待着
只有蝉在虚空里聒噪
坦荡的渤海滩显得异常宁静

就在这不知不觉的沉寂之中
偶尔嗅到了一股远方的土腥
眨眼间　地平线上已浓墨重彩
一出气冲斗牛的活剧诞生了

那是一柱倏然隆起的褐色的火焰
那是一蓬陡立旷野的天马的长鬃
那是一根扶摇乾坤的灵魂的绶带
那是一条无拘无束的黄尘的醉影

由远而近，传来天地间最粗野的喘息
卷起鸡毛烂草折断枯木朽枝
扭动着　痉挛着　创造着　吟啸着
立着是生　倒下是亡

一支饱蘸千古豪情的巨笔
用狂草　将情话

挥洒在大地和天空

而这自由的箴言有谁能读懂呢

人们只是望着那远去的背影浩叹着

哦　旋风　大旋风

　　　　　　　　　1995年10月

胎 记
——题写在故乡大洼的照片上

大苇洼　给我腥绿的呼吸
和一团混沌辽远的清气呵
我站在你胶黑的壕堎上
如同回到梦中的旧居

一只豹鹰抻高了我的视线
九万亩芦花　扶摇天地
茫茫沼泽　是岁月的一坛浊酒呢
还是沧海遗下的一汪泪滴

沿着大雁疼痛的脚印
我把逝去的童谣重又捡起
在黄金的秋风里
挺立着一根一根的蒲棒
绽放着一簇一簇的野菊

是父亲的凌爬从野外把我撑来
是母亲的苇席温馨地把我孕育
我同港汊里的蛤蟆一起叫唤
我与洼淀里的黑鱼一样皮实

莽莽苍苍的芦苇之野

掩藏着狭义的肝胆英雄的骨殖
谁能知道　就在我先人的墓旁
埋葬着落难的捻军统帅张宗禹

大苇洼　你是我真正的祖宗
我的根就与你深古的芦根盘在一起
我就是你滋生的那管芦笛呵
带着一腔大洼的土腥和皱绿的胎记

1995 年 10 月

荆条树

在渤海滩的碱土里
扎下的根都拧成苦炼的疙瘩
却抽出紫铜的鞭杆似的枝条
开出一嘟噜一嘟噜粉郁郁的花

只要是没有遭到砍伐
几年的光景就是一棵倔强的树
树枝间挂着碗大的马蜂窝
树根下有老田鼠掘出的新家

叶如松针　干似龙蛇
面对苍天　无牵无挂
盛夏　只为农家遮一方绿荫
隆冬　挺起一副桀骜不驯的骨架

像一尊大地的守护神
所有的树林里都找不见它
其实　它永远属于蒿草的家族
是渤海滩上的独行侠

伫立在浩茫的旷野里
它总是无情地遭到雷劈电打

当那血色的光焰腾空燃烧的时候
就爆出哔哔啪啪铁的火花

    1996 年 5 月

豹 鹰

我家乡的鹰
都称为豹鹰

豹子一样迅猛
云一样轻盈
善于在高空打盘
用不着扇动翎羽
只是张开翅膀滑行
在云端俯瞰万物
如一披着大氅的古代元戎

有时　它会猛然下降
如一枚陨石坠落长空
伴随着一声呼啸
和一股摩擦的火星儿
它是地面上一切鼠辈的天敌
每一次抓取猎物
都掀起一道烟尘

有时　它就自由地向高空升腾　升腾
如同一颗拧在蓝天上的螺钉
它往往在这迷醉的飞旋中

再也无法回归大地
只好在云天之外的罡风里
荡魄销魂
消逝得无影无踪

我从未见过它的尸体
只是在野地里捡到过美丽的鹰翎
也从未见过它的巢穴
它总是独往独来
偶尔栖息于土台野岭
更未听见过它的鸣唱
它只有天地里壮丽的行程

呵　豹鹰
我家乡的鹰呵

1996 年秋

老家话

一口地道的老家话
一腔纯正的乡音
无论走南闯北
无论隔山隔海
改不掉那大苇洼的野腔
抹下去那渤海滩的土音

就是操着一口老家话
我走出家门　走出土地和村庄
即使变了身形　改了容颜
也改不了那老家的口音呵
那是剪不断的连心的脐带
那是挣不开的热土的牵挂

老家话带着老家的血缘
老家话有着老家的风水
每一句都是乡间的田垄
每个字都是田野的坷垃
每条田垄都扎着红荆的深根
每块坷垃都冒着碱地的盐花

冲着父亲我喊声爹

扶着母亲我叫声丫
乡音里跃出一头沧州铁狮子
乡音里托起一尊东光铁菩萨
大运河是家乡的一条金腰带啊
那渤海沿儿的刘常庄就是我老家

      1996年秋于故乡

老家的气息

离开多久也能闻见
隔得多远也能捕捉到
岁月的流水怎么冲洗
也能在梦里嗅到那熟悉的气息
那是一股老家的气息啊

那是牛圈里发了酵的粪肥的气息
那是铁匠炉铿铿锵锵打铁的气息
那是燕子垒窝叼来坑泥儿的气息
那是老雀子赶蛋儿扑拉房檐的气息

那是咸菜缸里疙瘩出卤的气息
那是灶火膛燃烧艾蒿荆条的气息
那是秫秆儿笸箩里黑穄粒饼子的气息
那是娘丫站在村口喊我回家的气息

那是一场大雨冲刷热爆土的气息
那是碌碡上打磨秸子头的气息
那是枣花叶泡在井拔凉水的气息
那是西南风吹黄了麦子地的气息

那是三月网鲜鱼活虾压颤市的气息

那是立了秋满枝小枣红了圈儿的气息

那是雁鸣一声万顷芦洼一齐吐穗的气息

那是腊月三十村村巷巷晚上烤把子的气息

呵　那碱土的气息

那芦草的气息　农业的气息

那刻骨的气息　母亲的气息

就是我老家的气息啊

犁 鸟

我的犁杖
深插在泥土里
在春天的原野上
它是一只展翅欲飞的鸟

迎着解冻的东南风
紧贴着大地的心歌唱
深深的犁沟孕满墒情
它唯一的希望是飞翔

1991 年春

犍 牛

一

暮云低垂
垂挂一天沉甸甸贮满浓液的钟乳
裸露的大平原地气蒸腾
一排北方的铁枣树
扭成千姿百态的霹雳舞
此刻　隆起的地平线上
伫立　一头雄牛

这个不动声色的家伙
卷起鼻孔嗅到了什么
站立的四个蹄窝
有　烈风喷突

二

啊啊　黑牤牛　黑牤牛
挺立起一对粗粝的犄角
宽厚的岩石的膀背
凝聚着车辚辚耧叮叮耙浩浩菁麻绳套的

血吟柳根古轭的汗啸和那长长的犁沟里
切断草根的歌谣

一步一夯
四蹄紧紧踏着大地
四条腿四根树桩
孔武的铁尾牵引着风
股间　高悬一对太阳的铃铛

三

哟哟　黑牤牛　黑牤牛
为迎接一个季节的到来
油亮的皮毛滴落欲望
仿佛是地心的一声召唤
你倏然跨过古老的栅栏
挣断了缰绳
扭穿了鼻环

一股铸满神力的风
滚过腥红的土地
冲倒三座围墙
掀翻六个草垛
抵毁九道地堰

四

啊啊　黑牤牛　黑牤牛
跋涉在清悠的月亮河畔
你火烧的眼睛望穿岁月
寻觅在马莲花开的草径
你幽沉的吼鸣渗透泥土

哟哟　黑牤牛　黑牤牛
当那熟悉而陌生的形体飘然而至
你浑身披满辉煌的星辰
大地充满炽热的元气
弥漫着青草永恒的温馨

五

那是旷野的尽头　花开着
那是河流的弯曲处　树绿着
苍穹默默　太阳颤动着热望
月亮荡漾着渴慕

啊啊　黑牤牛　黑牤牛
未等你在梦中醒来
就迎来了生命的残酷
十条绳索

将你捆缚在地
力的抗争　血的吼鸣
在坦坦的古铜的土地上
滚出一个　深　坑

六

那是一柄蘸了凉水的月牙儿形尖刀
一个赤臂的黑汉叼在嘴上
当烧起纸钱　燃响祭天的鞭炮
就是那惊心动魄的瞬间

那是一阵大地的痉挛
那是一柱烈焰的喷溅
那是世上最悲壮的阉割呵
两根迸断的犄角里
有　浪涛回旋

七

此刻　隆起的地平线上
一棵北方的铁枣树下
拴着　一头犍牛

它的膀背　依然凝聚着神力
而眼睑低垂　默默地反刍
腹下　滴着点点涩苦

再也发不出震荡旷野的吼鸣了
再也跳不出掀翻草垛的狂舞了
再也不去捕捉牝牛的呼唤了
它只是有兴伸出舌头
去舔主人沾着草料的手背

八

啊啊　黑牤牛　黑牤牛
我的兄弟　我的朋友
你是力　你是风　你是火焰　你是创造
啊啊　黑牤牛　黑牤牛
我的朋友　我的兄弟
你是累　你是苦　你是勤善　你是驯服

你的祖先连着我的祖先
你的骨肉连着我的骨肉
那沉重的脚步颤动着历史
汗血浸透了这皇天后土

啊啊啊　黑牤牛

我用你一只断角吹一曲乡魂
我用你一只断角饮一觞血酒

1993年春

那一方水土

流经了千万里的水
淤积了千万年的土
孕育了我古老的姓氏古老的家族

那大地隆起的屋脊土炕
蕴藏咸涩的汗息
闪耀麦秸的金黄
那太阳的精髓
锻冶了祖祖辈辈青铜的臂膀

春天　绿树高举黄金的鸟窝
向大地抒放花朵般的情思
秋风里　芦苇摇曳霜染的银发
向远天发出豪迈的吟唱

茫茫旷野
大风起于青蘋之末
匍匐着的是蒿草
高高挺立的是喝醉阳光的高粱
哦　那盈盈流淌的父母之河呵

我日日夜夜都能望见
您那凝聚在麦芒之上的晶莹的泪光

      1990年11月2日

古 窑

大野里的烽火台
燃烧过岁月的苦苦甜甜悲悲喜喜
烧出了蛇形路船形屋和鸡飞狗跳的村庄

那沸腾的火早已熄灭了
褐红的窑口还闪着霞彩
哦　这大地衍变的辉煌子宫

白天　有苍鹰在上面盘旋
夜晚　有火狐在里面驻足
北极星　是它吐出的一粒神丹

一个雪花飞舞的夜晚
村东的小子和村西的丫头都不见了
黎明　有两行脚印从窑口逃向远方

1990 年春

铁匠炉

麦子黄梢了
老铁匠就吱吱咿咿推着大轱辘车来了
橘黄的炉火升起来
村庄弥漫着麦香和铁的气息

烧透的铁饱含着快乐
大锤小锤叮叮当当
迸溅的火星
像老虎的金色胡须
扎疼了周围老人小孩的脚掌

这一年　父亲给我打了一把镰刀
铁匠老六特意加了一块好钢
我用磨镰石蘸着月光磨着
用指甲轻轻拭着它的锋刃
经过多么潮湿阴暗的天气
它也不会生锈
我等待着开镰
去收割籽粒饱满的光景

1990 年 11 月 3 日

大草洼

九河下梢
汇一汪甜甜苦苦绿色血

渤海滩苍茫之气
笼罩起起伏伏草泽之波

连绵的黄蓿如大地铜肌
沸扬的芦花浮起雁阵

绿蚂蚱蹦到水里变成黑鱼
一窝野鸭蛋滋养了我的童年

艘艘凌爬从寒月里撑来
划出一条蜿蜒的草路

萤火点燃牛虻之舞
一窝笼里传出下洼人的鼾声

芦根上有土匪血
深草里有烈马骨

我用长杆子大钐镰

掀开故土一部奇书

1986 年 8 月 12 日

马贼之死

天亮了　你蹚着铁镣哗啦啦走过村街
这是你从小匍匐过的横行过的你走在这头儿
那头儿就打战的一条黄土大路
这时候鸡不敢叫狗不敢咬　两旁的房舍
吱嘎嘎打开了木门　男男女女老老小小都
瞪大了眼睛

你蹚着铁镣哗啦啦走过村街
还是那么身高马大可惜了祖宗给你那副骨架
你睁着圆眼环视熟悉的乡亲想把戴镣的大手
举过头顶　啊哈　就是这副黑手打家劫舍杀人越货
威震津南沽口一带　百里大洼曾策马举枪
打碎后街清真寺顶的月牙儿

你蹚着铁镣哗啦啦走过村街
还那么大大咧咧像去串门像去赶会像去赴宴
当你来到十字街头　突然从人群里挤出一个
风骚娘们儿把一罐子烈酒举到你的前胸
还有一张烙饼卷着三根大葱
好你个野种

你蹚着铁镣哗啦啦走过村街

你大喝了大嚼了死了也不做饿鬼
然后亮开高喉咙大嗓唱了一句西皮导板
"一马离了西凉界啊——"然后大笑三声步入刑场
你中弹倒地砸地为坑　第二年就在那儿化为草木
那是一墩粗野的红荆

1990 年春

打 枣

八月
天上有巧云
树上有红枣

姐姐说：弟弟呀
轻点落竿
别打疼了树

姐姐爬到树上
轻轻采摘挂枣的树叶
又用头绳扎起来

扎成红红绿绿的枣嘟噜
吊在家中的窗棂上
让全家人
天天仰起头来看

骑牛望海

夕阳　一面古铜色的镜子
辐射出一群云雕的火凤凰

旷古的原野　很纯静
激扬着辽远的绿波铜浪

大黄牛早已吃圆了肚子
我骑着牛背　是如此的辉煌

这时　可以畅饮渤海滩那咸润的风
可以瞭望渤海那神秘的帆樯

我站在大地的书页里
地平线的书脊遮住了目光

牛背摇晃着　那遥远的诱惑
牛蹄　踏开了一片苦苦菜的花香

牛之死

深秋　地净草白了
砍去高粱的坡地里
却有一片嫩绿

那是从高粱茬的根部
重又萌发出的禾苗
在风里散发着青郁的馨香

我和牛
经受不住这娇绿的诱惑
闯进地里若痴若狂

不消一刻
牛就高高地扬起犄角
扬起那拉犁拉车
铁一样厚重的脖子
它想用力向世界呼唤一声

然而　它再也发不出轰鸣四野的吼叫了
肚子　鼓一样胀起
眼睛里迸出凝重的血滴

顷刻

它倒地而亡

只留下一声痛苦的叹息

那燃烧的微笑的绿苗

竟是藏有火蛛的毒草哇

终于将它的耕耘者放倒

可怜抛下的那头牛犊

叫唤了一天又一天

它不知母亲是怎么死的

1988 年 12 月于石家庄

灵魂　在夏夜里远行

夏夜　在高高的土房上
铺一张高粱秫秸箔
我和父亲躺在上面
绿酥气息透过全身

风　从田野里吹来
周围一片幽深和凝静
这时候　才感到
天　离我们多近

只有在这时候
暴躁的父亲才变得可亲
他那厚实的胸脯起伏着
轻轻哼起一首古歌

那土腔野调很难听
疲劳的父亲却很激动
他说　地下有多少人
天上有多少星

当我问起死去的母亲
父亲怔怔地望着星空

他说　母亲在遥远的天河边上
此时正向我眨着眼睛

我是含着泪入梦的
盖着缀满星花的天穹
我那被露水打湿的灵魂
在这夏夜里远行

1988 年冬

家　谱

我的第十世祖　叫大河
从山西洪洞大槐树下迁来
开荒下种　一晃三百余载
长出一座二百户的村庄

祖祖辈辈土里刨食
放牛的大道踩成了河
人和牲畜喝一眼井的水
家家户户敬一个庙里的神

出过贞节烈女
出过土匪盗马贼
还出过一位短命的县官儿
算是老祖坟上冒了青烟

因为一块巴掌大的地基
兄弟爷们儿间能打一辈子官司
至今　一位与我不出五服的兄弟
一见面就扭过脸去

各家比着劲种地
也比着盖房说媳妇

谁家要是没有儿子
就有人背地里叨咕
瞧　这树倒无荫的绝户

一家受难
总有四邻八舍周济
要是谁家发了横财
那就得小心
半夜里麦垛起火

每逢元宵节鼓会
整个家族都动员起来
要与邻村比个高强
壮汉们光着脊梁敲鼓舞钹
男女老幼都来助威
听听
咱村的鼓
才最响

麦 鸟

当麦子黄梢的时候
不知从什么地方
麦鸟就飞来了

它飞起来很轻盈
一敛翅像一枚纺锤
鸣叫起来很甜柔
洒下一股新麦的清馨

它总爱在麦地里
贴着麦穗低飞
更喜欢钻进长长的麦垄
沿着那芬芳的胡同踱步

那是一条条童话的长街
麦蒿野蒜摆开各自的摊点
在那一排高挑的麦芒的睫毛上
闪动着太阳的伟大思想

这时　它在密密的麦秆间
跳跶着自由的舞步
谁也不知它在什么地方

大地块垒　刘小放乡土诗选

只听它的歌声在麦浪里飘

在各类鸟谱上查不到它的名字
人们都叫它麦溜子
来也无踪　去也无影
是古老大地上欢跳的精灵

1988 年 12 月于石门

闭门雨

傍晚
当一疙瘩黑云把日头吞去
一阵风牵来了麻杆子雨

那雨
是夜的长槌
敲打着小村屋后的蓖麻叶
深远的大野轰鸣着

一个汉子
望着黑魆魆的天
紧紧关上了大门
把骚动的世界关在门外

感觉灵敏的女人们
把晚饭做得格外香甜
汉子们吧嗒着烟袋
古老的土炕上
一曲美妙的歌
在酝酿　在萌动

斜雨

弹着每家的窗玻璃

房檐上的流水　淅淅沥沥

滴不断枕边

那悄悄的细语

野外　青蛙鼓开红荷

绿芽钻出了新泥

土地深深的梦里

墒深已过了五指

哦　闭门雨

庄稼人无名的节日

1987 年 10 月 15 日

雨后的村落

雨后
村庄很鲜亮

那一幢幢房舍
都是用土坯垒成的
都是麦秸与泥土锻造的

夕阳里
家家户户的屋顶
都闪耀着麦秸的金黄

质朴的草
与泥土黏结在一起
最紧韧

潮润润的村路
有村女的笑声
田野的麦香

忽然　一所红房子
在村头崛起
一群燕子在晚霞里歌唱

1987 年 5 月 26 日

透 雨

大旱不过五月十三
这一天是关老爷的生日
他总要在这一天撒酒疯

果然　远方响起了雷声
庄稼人都仰望着
让那第一点雨滴落在脸上

那雨滴　沉沉地
掉在热土里
溅起浓烈的土腥味

那雨滴　密密地
敲打着平原上的高粱叶
奏出宏伟的田园交响

田埂上　持锹挡堰的农夫
两只脚扎在泥土里
雨水冲洗着冒汗碱的草帽

水洼里钻出来一只青蛙
清爽地叫出第一声
呵　祈望的雨　透了

　　　　　　　　　1987 年 5 月 24 日

娘娘河

你从遥远的女娲山飘来吗
你从神圣的地母宫淌来吗
那浑浊咸涩的流水
与北方的土地一样沉重

在你古老而弯曲的藤蔓上
生长着褐色的村落
我的哭声是你
我的歌声是你
我手上最深最长的掌纹是你呵

娘娘河,我的生命之河

你宽厚的大堤的臂膀上
碾轧出深深的车辙
我肩扛耙子手牵着牛儿
踏着鸡鸣从上面走过
我曾挖取河堤温暖的沙土
给新生的儿女铺沙被
我曾怀抱父亲的骨殖
埋进那荒寂的草坡

太阳从你的左肩升起呵

月亮从你的右肩滑落

春天，你唤醒野草擎起露珠

秋天，你驮起数不清的禾堆柴垛

蜣螂滚着粪球擦响了太阳

田鼠拖着月光建起地下城郭

风，弹响每一片草叶

那晚霞的灶火已熊熊地燃着

呵，娘娘河，我的再生之河

        1987 年 10 月 30 日

致窝头（仿彭斯体）

一

你好，窝头
(请不要误会，诸位
他是我农村的少年朋友
自古来"民以食为天"
名字也离不开杂粮五谷)

视你今年又交了好运
北洼的庄稼长得茁壮
你那头大黄牝牛
又给你下了一头牛犊

二

愿冰雹和田鼠
不再偷袭你的瓜园
那可恶的龙卷风
只会把你的草帽刮走

愿你的场院里

再也逢不上连阴雨
让天上最明丽的阳光
为你的高粱晒米

三

问候你的内当家
还有她那群母鸡
别忘了下次再来
给我捎上一只猫咪

听说，你家小三迷上歌厅
常领了女友偷去省城
你骂骂咧咧顶个屁用
最好闭上你的眼睛

四

如果你有时间
一定要到好人三哥的坟前
替我添上一掀新土
再替我烧上一沓纸钱

他是多么麻利能干

是条三杠子打不倒的车轴汉
说走他就甩开手走了
只有在梦里和我攀谈

五

常想起咱们小的时候
清明节去野外放风筝
渤海滩的阳光真亮
那里天高，地也平

村北的枣林开花了吗
我真想闻一闻那醉人的风
让我粗糙的笔饱蘸那芳醇
歌唱咱自己高贵的心灵

六

我的日子过得也很轻松
赶上了机关里评职称
在国家出版社出了好几本诗集
抵不上一纸大学文凭

说不定在哪一天傍晚

我会突然闯到你的家中

吃一顿棒子饼子熬小鱼

当然，坐在炕头要干上两盅

      1987年10月22日

斗牌的娘儿们

只有那些
娶上儿媳妇当上婆婆的女人
攥一把钥匙大权在握的女人
吃饱喝足没地方解闷的女人
才配坐在炕头斗牌

她们穿戴得像串亲戚
走在路上高声笑骂
故意炫耀一下自己的身份

这些说嘴拉舌的娘儿们
坐在一堆就是一台戏
她们都是
小村的新闻发布官

她们斗的是一种古老的纸牌
上面绘着水泊梁山一百零八位好汉
可惜黑旋风、豹子头
浪里白条、拼命三郎
这些硬邦邦的须眉汉子
竟让乡下女人捏在手里
甩来甩去

手里的纸牌握成一把折扇
遮不住日出月落
什么也不在乎
只相信天命和运气

电视剧音乐会也吸引不住她们
她们除了赶庙会听老戏之外
盘着腿斗牌
才是一生最大的乐趣

她们的牌场
既惹人注目又幽深隐蔽
过去，只有财主家女人才配玩牌
如今，她们都一一学会了
仿佛是对历史的一种索取

        1986 年 7 月 20 日

新姑娘

> 新姑娘因和本村一个小伙相爱,遭到家长激烈的反对和一些村民的非难,小伙子远走他乡。一年后,新姑娘也偷偷离家远去……

俊美的姑娘
刚强的姑娘
就在那个秋天的晚上呵
她锄完玉米回来
挑起水桶,替爹
挑满了水缸
抄起搓板,替娘
洗完了衣裳
她望着天边那颗星星
偷偷哭了
她围了纱巾
没有去二大娘家串门
没有去大队看电视
她走了
向那梦绕魂系的远方

新姑娘走了
有人哭她

有人骂她

有人夸她

有人讥笑她

我的纯朴而愚昧的村庄呵

眨眼，五年过去了

早春里，她和他

堂堂正正地回来了

怀里抱着孩子

脚步像春雷

震动了古老的村庄

姑娘、小伙涌上前

举起她的孩子

像举起一面胜利的旗帜

在头顶上飘扬

1984 年 2 月 28 日

大地块垒　刘小放乡土诗选

无名树

不知是大风刮来的
还是流浪汉从鞋口里倒出的
一粒种子,一粒异乡的种子
在这儿扎下根

傲立于旷野
像村庄里的一户异族人家
高高的烟囱蒸腾绿色烟霞

粗大的树踝
迸发无数闪电似的根须
向地心发出
生命的呼唤

汲取大地的乳浆
忘情地伸出枝丫
拥抱着蓝天
亲吻着春光

与杨柳榆槐遥相致意
用自己的活力与存在
歌唱自身的美丽、多情和壮旺

天为之开阔

风为之豪爽

小鸟为之而鸣啭

大野为之而芬芳

古沧州，有一个村庄

叫无名树

黄河入海口

在赭褐色的滩头
您庄严地入海了
安详地溶入了那片神圣的蔚蓝

望着您辛劳的金黄色的步履
望着您离去的粼粼的泪光
我轻轻呼唤着:母亲
我是您的儿子
我是您养育的一方沙洲河
是您给了我生命的强悍
和古铜色的肌肤

您从遥远的神山而来呵
跋涉岁月的艰辛
在痛苦的大转折里
磨砺出韧性的悲响

携着戈壁的神奇
和高原凝重的沉思
您一路探寻
发出敦厚、热烈的呼唤

忧患的浪花负载着希望
您用甘甜金黄的乳汁
哺育着北方
红高粱一样刚直的儿子
金谷妞一样纯秀的女儿

在历史的狂暴里
您是一弯射杀天狼的弓弩呵
在您宽厚的怀抱里
早春的龙之舞
为您壮行

呵！母亲
您日夜奔波
那浩茫的大海是您的家吗
那升起的彩虹是您的门楣吗
在您伏着风暴的庭院里
您高举着一颗透亮博大的心

向着东方
我含着热泪向您鞠躬

大地之子（组诗）

地母呵

我站在东方的地平线上

双手举起鲜嫩的太阳

身后的大海波涛汹涌

那是一片刚刚翻耕的土地

云的白马拉着月牙的犁杖远去了

播下沉实的种子和五彩的幻梦

我裸露着古铜的肌肤

挺起岩石的胸膛

谷妞子草捧出高贵的春天

云缝里滴下云雀的欢鸣

我的双脚深深插在泥土里

跳动的血脉在苍茫大野里喧响

我和车前子马齿苋黄蓿菜蒲公英一同呼吸

我和蚂蚁田鼠蜥蜴螳螂一起成长

呵　雷暴　冰霜　苦难　饥饿

呵　绿树　村庄　坟墓　天堂

母亲与菩萨同坐在莲花之上

我高举起草叶与诗歌　明澈与吉祥

我的美丽多情的姐姐妹妹呵

你的额前淌着麦穗的刘海

篮子里挎着露水淋湿了的希望

我的纯朴刚正的父老兄弟呵

你们满腮长满野草的胡须

用阳光与热汗为血红的高粱灌浆

挥起秋月的镰刀

割断转日葵的头颅

坦荡的沃野

溅满了金黄

玉米吐出了花红线

珍藏起如珠似玉的思想

在那神圣的太阳的照耀里

我如金色的婴儿通体透亮

在那温暖的大地的怀抱里

我才郁郁葱葱活泼壮旺

噢嗬嗬　云霞里闪射出一只小鸟

那是我的灵魂战栗的歌唱

当你甩起红缨子长鞭

你赶的那辆大车轧过北方的土地

在你的额头碾出两道深深的辙印

啊哈　掌鞭的老把式

我的黑麻子老祖父

当你甩起红缨子长鞭

平原上就滚过一阵雷霆

在娘娘河畔的十八村里

谁不知你手中的那杆神鞭

那呼啸的鞭影掠过晴空

辕骡子与梢马就抖起长鬃

闯过一道道沟坎壕塄

拉回来一车车比碌碡还硬的精神

当你把长鞭戳进香炉

鞭杆上挑起"义和拳"的旗旌

捋锄杠的粗手举起了长矛

脸上的黑麻子爆出火星

草民百姓聚来天光地气

大洼里卷起冲天的旋风

连我那三寸金莲的祖母

也走出烟熏火燎的茅棚

一盏"红灯照"

伴着爷爷"大师兄"

在那古老的娘娘河里

还映着她那英武的身影

草洼里　每一根芦苇
都直挺挺地站着
田地里　每一穗高粱
都红得刚正
每逢庚子年的深秋
还能听到那连天的杀声

我的黑麻子老祖父呵
你那杆红缨子长鞭
至今　还震撼着我的灵魂
我听见你厉声喝问
快起来　干活去
你这个不肖的野种

蝗　祸

那是个万木葱茏的季节
村北神奇遥远的大苇洼里
苗壮的芦苇铺天盖地
那里宿着数不清的野雁黑鱼
也窝藏着一帮一伙神出鬼没的"三儿"[1]

---

[1] "三儿"，当地百姓称土匪马贼为"三儿"。

那是个乱世之秋

酿造人间千奇百怪的悲喜剧

那一夜　谁都睡得挺早

谁都听到了一种声音

可谁也不肯先点起油灯

那声音　谁也分辨不清

仿佛一万只蝎子在窗纸上爬行

奶奶说　莫非东北上

秃尾巴老李[1]来了

要不然　又过李景林的逃兵

天亮了　大门开了

茅屋里涌进一股黑风

那遮天蔽日的蚂蚱浩浩荡荡

啃秃了各家苇草的房檐

吃光了田地里所有的光景

擂起大鼓　铜锣

敲响脸盆　古钟

村民们　在村头塑起一尊蚂蚱神像

又挥起铁锨　扫帚

捕打驱赶那些魔虫

[1] 秃尾巴老李，传说中为民送雨的龙。

那真是个奇异的年景
各家屋顶都晒满肥肥的蚂蚱的尸体
各家当院都圈起大大的蚂蚱的席囤
它们吃人们人们也吃它们

就这样　人们吃着蚂蚱过冬
蚂蚱干　蚂蚱酱　蚂蚱饼
这大地上奇特的营养
哺育这一方水土的生灵　不信
请看我这宽宽的肩　厚厚的胸

我不敢凝视那飞扬的芦花

夜幕降临了
在黑油灯的灯影里
我那十八岁的堂姐
你是多么美丽

你有一条比马绊草还长的
黑油油的辫子
大大的眼睛
闪着春的明媚

你的花格格衬衫里
飞腾起洁白的乳鸽

你格格的笑声
比银亮的月光清纯

田埂上的野花见了你就微笑
树上的小鸟见你就欢鸣
伯伯婶婶抚摸你的头顶
因为你从小就失去了母亲

夜幕降临了
阴影笼罩着十八岁的堂姐
你那不可告人的隐情
你那渐渐隆起的腹部
怎能逃过祖母的眼睛

怨恨分割着夜
星星滴着哀痛
你亲人的眼光一下子变成锥子
扎透了你那稚嫩的心

这个普通的农家院落
凝固了夜的沉重
那些握锄使镐的受苦人
也能做出残酷的决定

家谱上要除掉你的臭名呵
从此　你就再也没有这个家

老祖母最后为你包起包裹
婶娘们最后为你梳好头发

那是一个多么浓黑的夜
老顺哥备好了毛驴
所有的亲人都扭过脸去
我十八岁的堂姐被弃于荒洼

我那十八岁的堂姐
远远地　远远地走了
我不敢倾听那毛驴的蹄音
我不敢凝视那飞扬的芦花

铁血色的扁担

父亲
从老一辈手中请受了它
又一辈子没有离开它
那是一根
闪着铁色
闪着血色
身高九尺的桑木扁担

父亲把它抱在怀里
精心擦上一层桐油

又经过太阳　风　雨的锻打
每当横在父亲酱紫色的肩头
它就是一条呼啸翻动的龙

它真是一条硬家伙
随着父亲滚在泥土里
挑起谷草
挑起牛粪
挑起河泥
挑起公粮
挑起日出月落生生死死

它真是父亲的好伙计
挑起多重的担子都不含糊
当父亲的后颈
隆起又硬又厚的茧包
它那细密的纹络里
也沁出苦涩的汗液

在那吞食野菜草籽的年代
父亲终于倒在了地头
他躺在用汗水泡过的野地里
再也没有起来
他的扁担　还挺挺地插在泥土里
竖起他死不甘心的筋骨

它

终于又压在我的肩头

当我挑起担子奔波之时

我听见那根扁担

苍劲的呻吟　和

壮丽的断裂声

父亲　请原谅儿子的莽撞

因为儿的肩膀比你的宽厚

儿的担子比你的沉重

难道你没望见

南园的新桑已经成林

属于我的扁担已经长成

就这样　我与她走进洞房

就这样　我与她走进洞房

蒲草编的顶棚

土坯垒的火炕

二十年前我在这儿降生

又眼望着母亲在这儿死去

就这样　我与她走进洞房

我是土命

她是水命

红纸写帖的娃娃亲

像点在一个埯儿里的两粒玉米

就这样　我与她走进洞房

像祖父　父亲一样

走进要过的那个日子

上炕睡觉　下炕干活

在父母睡过的土炕上生儿育女

就这样　我与她走进洞房

走进那土墙围起的宅院

走进那木栓闩紧的屋门

我用秤杆挑去她的头纱

那寒冬腊月是多么深重

就这样　我与她走进洞房

年轻的生命迸发着新奇

那么亲近那么陌生

躺在炕上望窗外的星斗

远方闪着一个燃烧的梦

就这样　我与她走进洞房

在那春的田地里

她把一颗贤良的心种下

祈盼年年风调雨顺

这里　就是今生今世的家呀

犁

我手握一管沉甸甸的大笔

饱蘸几千年的星月

耕耘着一卷深褐色的史册

带着一代代生锈的汗渍

回荡着

草帽下粗哑的吆喝

原野

一只金翎子黎雀儿

为我衔来太阳的红果

渗着汗珠的手背

蒸腾地气的长长的犁沟

我与牛的脚窝

犁头哧喇喇响着

翻出老辈子的陶片

一首发了霉的古歌

大地块垒　刘小放乡土诗选

时而
翻出人的腿骨　人的头颅
那入土的灵魂还没有安息呵

我的生铁浇铸的犁铧呵
我的菁麻拧成的绳套呵
我的柳根弯成的牛轭呵

耕牛
犁杖
我
组成大地上的北斗星座

在那大雁归来的行列里
在乡村五更的鸡啼声中
我走向属于我的
那片荒野

切断古根的犁声
春雨润透的黑色浪波
我站在地平上
把夕阳踏落

酷　夏

干热的风吹枯了夏季
吹干人们口头潮湿的语言
大地张开所有的毛孔
柳条子　禾苗的叶子
都让风拧成了绳子

所有的生灵　祈望
远天云影里闪出一声沉雷
我年轻的嘴唇裂开了口子
茂密的头发没有一点水汽
像一捆戳着的秫秸
碰上一丝儿火星
就会燃成一把疯狂的火炬

按照古老的习俗
我和抹着泥巴的汉子们
扒光了衣服
瞪起眼珠子　号叫着
翻倒了古井沿边
那颗坠落千年的神石

半夜里　村里的十二名寡妇
悄悄地抄起扫帚和簸箕
到干枯的坑塘里扫起热土

然后　点起香光
向苍天唱起祈雨的歌

这是一个罪恶的夏季
醉醺醺的太阳扼杀着大地的绿意

终于　村头响起了鼓声
那牛皮大鼓发出牛的吼鸣
吼着渴望　吼着生存
白发老伯凛然扮作龙王
他要在渤海龙滩上焚身而去
用慷慨的死换取龙的甘霖

唢呐吹奏出一天辉煌
牛皮鼓敲出大地的血性
那是一行古老的悲壮的队伍
走过冒着盐碱的龟裂的土地
走过挂满火烧云的天空

酷夏　地火升腾
生灵们的心头滚起了雷声

野性的月亮花

那是土地苏醒的季节
雨后的平原舒放着清新
羊角菜拱出了地表
知耕鸟钻进了云层
呵　是你吗　野性的月亮花
用你旷达率真的光片
吹奏故乡的海韵

历经岁月的风霜
铸成一弯美丽的年轮
在绿原放飞了希望
生活的鸽哨奏出艰辛
呵　是你吗　野性的月亮花
在无垠的空阔里
开出鲜灵灵的坚韧
用光波撕开阴暗的云层
撕开严冬虚伪的封禁
惊起嫦娥仙子的玉兔
跑进没有栅栏的草丛
呵　是你吗　野性的月亮花
在我胸大肌宽厚的地垄里
播下一颗启明星

那是一面生命的旗帜呵

呼唤着没有尘埃的风
在那大地痛苦的犁沟里
蕴含着如血似海的墒情
呵　是你吗　野性的月亮花
在我裸露的灵魂上
留下刻骨的深吻

在故乡八月中秋的芳馨里
倾听你挂满果实的笑声
那是一匹轻盈的白马
响亮的蹄音震颤天空
呵　寂苦的你　奋发的你　欢乐的你
新生的你　我的野性的月亮花呵
此世此生你开在我的心中

大地之子

抖动的渤海是母亲的蓝头巾
在那遥远的东南风里
我如一枚草籽　飘落草野

我的根连着芦草的根
我的第一声土咸的号哭
也带有芦荡草泽的气韵

我和叔伯兄弟们盘根错节
倔强的绿色家族
是旋转的大地之轴

我弯腰收割小麦的黄金
我持锨挥撒一堆堆牛粪
大地的血液在身上涌奔

走出祖传的土房茅舍
走出那条神秘的地平
挺立着　我是世界的中心

跨过父亲开挖的沟壑
越过祖父轧出的车辙
展开黑夜打起我远行的包裹

田畴里的禾苗争相拔节
高高的树丫举起破壳的鸟巢
大地上的脚印都是我寻求的问号

那荆条墩挖不断的根须是我
那大榆树扭结的疙瘩是我
那地埂上沉默的马莲是我

那使我终生崇拜的古铜的颜色
那使我揪心裂肺的无情的灾祸

大地块垒　刘小放乡土诗选

那给我欢乐与煎熬的深深的爱河

满脚泥巴　我是大地之子呵
铺开大地波澜壮阔的稿纸
我用生命写下粗野笨拙的诗歌

1990年5月1日—12日
于中国作家协会杭州创作之家